CW01498253

LEARN RUSSIAN WITH
PUSHKIN

Russian Classics in Russian and English

LEARN RUSSIAN WITH PUSHKIN
ISBN: 978-0-9573462-5-3

LEARN RUSSIAN WITH CHEKHOV
ISBN: 978-0-9573462-4-6

LEARN RUSSIAN WITH DOSTOEVSKY
ISBN: 978-0-9573462-3-9

Find us online:

Russian Novels in Russian and English page
on Facebook

Alexander Vassiliev's page
on Amazon.com and Amazon.co.uk

Russian Classics in Russian and English

CRIME AND PUNISHMENT
by Fyodor Dostoevsky — ISBN: 978-0-9567749-2-7

NOTES FROM UNDERGROUND
by Fyodor Dostoevsky — ISBN: 978-0-9564010-8-3

ANNA KARENINA (volume 1)
by Leo Tolstoy — ISBN: 978-0-9567749-3-4

ANNA KARENINA (volume 2)
by Leo Tolstoy — ISBN: 978-0-9567749-4-1

THE KREUTZER SONATA & THE DEATH OF IVAN ILYICH
by Leo Tolstoy — ISBN: 978-0-9564010-6-9

DEAD SOULS
by Nikolai Gogol — ISBN: 978-0-9567749-1-0

THE LADY WITH THE DOG & OTHER STORIES
by Anton Chekhov — ISBN: 978-0-9564010-7-6

PLAYS
by Anton Chekhov — ISBN: 978-0-9564010-3-8

A HERO OF OUR TIME
by Mikhail Lermontov — ISBN: 978-0-9564010-4-5

THE TORRENTS OF SPRING
by Ivan Turgenev — ISBN: 978-0-9564010-9-0

FIRST LOVE & ASYA
by Ivan Turgenev — ISBN: 978-0-9567749-0-3

Find us online:

French Classics in French and English page
on Facebook

Alexander Vassiliev's page
on Amazon.com and Amazon.co.uk

French Classics in French and English

THREE TALES
by Gustave Flaubert — ISBN: 978-0-9573462-2-2

THE TEMPTATION OF SAINT ANTHONY
by Gustave Flaubert — ISBN: 978-0-9573462-1-5

MADAME BOVARY
by Gustave Flaubert — ISBN: 978-0-9564010-5-2

THE LADY OF THE CAMELLIAS
by Alexandre Dumas fils — ISBN: 978-0-9573462-0-8

THE SHAGREEN SKIN
by Honoré de Balzac — ISBN: 978-0-9567749-9-6

PIERRE AND JEAN
by Guy de Maupassant — ISBN: 978-0-9567749-8-9

BEL-AMI
by Guy de Maupassant — ISBN: 978-0-9567749-5-8

SWANN'S WAY
by Marcel Proust — ISBN: 978-0-9567749-7-2

THE RED AND THE BLACK
by Stendhal — ISBN: 978-0-9567749-6-5

Contents

Пи́ковая да́ма

Пи́ковая да́ма означа́ет та́йную недоброжела́тельность.
Нове́йшая гада́тельная кни́га.

I

А в нена́стные дни
Собира́лись они́
Ча́сто;
Гну́ли – Бог их прости́! –
От пяти́десяти
На сто,
И выи́грывали,
И отпи́сывали
Ме́лом.
Так, в нена́стные дни,
Занима́лись они́
Де́лом.

Pí kovaia dáma

Pí kovaia dáma oznacháet tái`nuiu nedobrozhelátel`nost`.
Novéi`shaia gadátel`naia kníga.

I

A v nenástny`e dni
Sobirális` oní
Chásto;
Gnúli – Bog ikh prostí! –
Ot piatí desiati
Na sto,
I vy`ígry`vali,
I otpísy`vali
Mélom.
Tak, v nenástny`e dni,
Zanimális` oní
Délom.

The Queen of Spades

The queen of spades signifies secret malevolence.
The latest fortune-telling book.

I

On days of bad weather
They would gather
Often;
They would double the stakes–God forgive them!–
From fifty
To hundred,
And they would win,
And they would write it off
With chalk.
So on days of bad weather,
They would be busy
With business.

Vocabulary

пи́ковый, пи́ковая	of spades; peak; peaking
пик	peak; cusp; pike; crescendo; burst; surge; spike; spade
пики́ровать, спики́ровать	dive; nosedive; transplant; pique; plant out
пики́рующий, пики́рующая	diving; nose diving
пики́роваться	spar at each other; tilt with smb.
да́ма	lady; partner; gentlewoman; dame
да́мка	king (in draughts/checkers)
да́мский, да́мская	ladies; powder-puff; petticoat; woman's
та́йный, та́йная	secret; vague; privy; stealth; covert; dark; clandestine; occult; underhand; mystic; sneaking; undercover; underground
та́йна	enigma; mystery; secret; riddle
нена́стный	rainy; foul; dirty; miserable; nasty; bad; rugged

Одна́жды игра́ли в ка́рты у конногварде́йца Нару́мова. До́лгая зи́мняя ночь прошла́ незаме́тно; се́ли у́жинать в пя́том часу́ утра́. Те, кото́рые оста́лись в вы́игрыше, е́ли с больши́м аппети́том; про́чие, в рассе́янности, сиде́ли пе́ред пусты́ми свои́ми прибо́рами. Но шампа́нское яви́лось, разгово́р оживи́лся, и все при́няли в нём уча́стие.

— Что ты сде́лал, Су́рин? — спроси́л хозя́ин.

— Проигра́л, по обыкнове́нию. На́добно призна́ться, что я несча́стлив: игра́ю мирандо́лем, никогда́ не горячу́сь, ниче́м меня́ с то́лку не собьёшь, а всё прои́грываюсь!

— И ты ни ра́зу не соблазни́лся? ни ра́зу не поста́вил на руте́?.. Твёрдость твоя́ для меня́ удиви́тельна.

— А како́в Ге́рманн! — сказа́л оди́н из госте́й, ука́зывая на молодо́го инжене́ра, — о́троду не брал он ка́рты в ру́ки, о́троду не загну́л ни одного́ паро́ли, а до пяти́ часо́в сиди́т с на́ми и смо́трит на на́шу игру́!

— Игра́ занима́ет меня́ си́льно, — сказа́л Ге́рманн, — но я не в состоя́нии же́ртвовать необходи́мым в наде́жде приобрести́ изли́шнее.

Odnázhdy` igráli v kárty` u konngvardéi`tsa Narúmova. Dólgaia zímniaia noch` proshlá nezamétno; séli úzhinat` v piátom chasú utrá. Te, kotory`e ostális` v vý`igry`she, éli s bol`shím appetítom; próchie, v rasséiannosti, sidéli péred pustými svoími pribórami. No shampánskoe iavílos`, razgovor ozhivílsia, i vse príniali v nyom uchástie.

— Shto ty` sdélal, Súrin? — sprosíl hoziáin.

— Proigrál, po oby`knovéniiu. Nádobno priznát`sia, shto ia neschástliv: igráiu mirandólem, nikogdá ne goriachús`, nichém meniá s tólku ne sob`yosh`, a vsyo proígry`vaius`!

— I ty` ni rázu ne soblaznílsia? ni rázu ne postávil na ruté?.. Tvyórdost` tvoiá dlia meniá udivítel`na.

— A kakóv Germann! — skazál odín iz gostéi`, ukázy`vaia na molodógo inzhenéra, — ótrodu ne bral on kárty` v rúki, ótrodu ne zagnúl ni odnogó parolí, a do piatí chasóv sidít s námi i smótrit na náshu igrú!

— Igrá zanimáet meniá síl`no, — skazál Gérmann, — no ia ne v sostoiánii zhértvovat` neobhodímy`m v nadézhde priobrestí izlíshnee.

There was a card party at the rooms of Narumov of the Horse Guards. The long winter night passed away imperceptibly, and it was after four o'clock in the morning when the company sat down to supper. Those who had won, ate with a good appetite; the others sat staring absently at their empty plates. When the champagne appeared, however, the conversation became more animated, and all took a part in it.

"And how did you fare, Surin?" asked the host.

"I lost, as usual. I must confess that I am unlucky: I play mirandole, I always keep cool, I never allow anything to put me out, and yet I always lose!"

"And you did not once allow yourself to be tempted to back the red?.. Your firmness astonishes me."

"But what do you think of Hermann?" said one of the guests, pointing to a young Engineer: "he has never had a card in his hand in his life, he has never in, his life laid a wager, and yet he sits here till five o'clock in the morning watching our play!"

"Play interests me very much," said Hermann: "but I am not in the position to sacrifice the necessary in the hope of winning the superfluous."

Vocabulary

одна́жды	once; one day; one fine day; once upon a time; someday; eventually
игра́ть	play; gamble; rage; sparkle; act; toy; twiddle; perform; sport; blow; fiddle
игра́	game; gamble; gambling; performance; playing
и́грище	public merrymaking; festive gathering
игрово́й, игрова́я	game; gambling; playing
игри́вый, игри́вая	playful; immodest; frisky; skittish; gamesome; toying; coquettish; kittenish
игро́к	player; gambler; gamester
игру́н, игру́нья	playful person
ка́рта	map; chart; card; menu
ка́рточный, ка́рточная	card
картёжник, картёжница	gambler; gamester; player

— Ге́рманн не́мец: он расчётлив, вот и всё! — заме́тил То́мский. — А е́сли кто для меня́ непоня́тен, так э́то моя́ ба́бушка, графи́ня А́нна Федо́товна.

— Как? что? — закрича́ли го́сти.

— Не могу́ пости́гнуть, — продолжа́л То́мский, — каки́м о́бразом ба́буш-ка моя́ не понти́рует!

— Да что ж тут удиви́тельного, — сказа́л Нару́мов, — что осьмидесяти-ле́тняя стару́ха не понти́рует?

— Так вы ничего́ про неё не зна́ете?

— Нет! пра́во, ничего́!

— О, так послу́шайте:

На́добно знать, что ба́бушка моя́, лет шестьдеся́т тому́ наза́д, е́здила в Пари́ж и была́ там в большо́й мо́де. Наро́д бе́гал за не́ю, чтоб уви́деть *la Vénus moscovite*; Ришелье́ за не́ю волочи́лся, и ба́бушка уверя́ет, что он чуть бы́ло не застрели́лся от её жесто́кости.

В то вре́мя да́мы игра́ли в фарао́н. Одна́жды при дворе́ она́ проигра́ла на сло́во ге́рцогу Орлеа́нскому что-то о́чень мно́го. Прие́хав домо́й, ба́бушка, отле́пливая му́шки с лица́ и отвя́зывая фи́жмы, объяви́ла

— Gérmann némets: on raschyótliv, vot i vsyo! – zamétil Tómskii`. – A ésli kto dlia meniá neponiáten, tak e`to moiá ba´bushka, grafínia A´nna Fedótovna.

— Kak? shto? – zakrichá li gósti.

— Ne mogú postígnut`, – prodolzhál Tómskii`, – kakím o´brazom ba´bushka moiá ne pontíruet!

— Da shto zh tut udiví tel`nogo, – skazál Narúmov, – shto os`midesiatilét-niaia starúha ne pontíruet?

— Tak vy` nichegó pro neyó ne znáete?

— Net! prá vo, nichegó!

— O, tak poslúshai`te:

Ná dobno znat`, shto ba´bushka moiá, let shest`desiat tomú nazá d, ézdila v Parízh i by´la tam v bol`shói` móde. Naró d bégal za né iu, chtob uví det` *la Vénus moscovite*; Rishel`é za né iu volochí lsia, i bá bushka uveriáet, shto on chut` by´lo ne zastrelí lsia ot eyó zhestó kosti.

V to vrémia dámy` igráli v faraón. Odná zhdy` pri dvoré oná proigrá la na slóvo gértsogu Orleá nskomu chto-to óchen` mnógo. Priéhav domó i`, bá bushka, otléplivaia múshki s litsá i otviá zy`vaia fízhmy`, ob`iaví la

"Hermann is a German: he is economical–that is all!" observed Tomsky. "But if there is one person that I cannot understand, it is my grandmother, the Countess Anna Fedotovna."

"How so?" inquired the guests.

"I cannot understand," continued Tomsky, "how it is that my grandmother does not punt!"

"What is there remarkable about an old lady of eighty not punting?" said Narumov.

"Then you don't know anything about her?"

"No, really! haven't the faintest idea!"

"Oh! then listen:

To begin with, about sixty years ago, my grandmother went to Paris, where she was all the fashion. People used to run after her to catch a glimpse of the 'Muscovite Venus.' Richelieu courted her, and my grandmother maintains that he almost shot himself in consequence of her cruelty.

At that time ladies used to play at faro. On one occasion at the Court, she lost a very considerable sum to the Duke of Orleans. On returning home, my grandmother removed the patches from her face, took off her hoops,

Vocabulary

расчётливый, расчётливая	provident; thrifty; circumspect; calculating; forehanded; prudent; tough-minded; hard-headed; economical; frugal; shrewd; wise
расчёт	computation; calculation; estimation; settlement; payment; consideration; intention; providence; design; accounting; expectation; dismissal; gun crew; detachment
рассчитывать, рассчитать	count upon; depend upon; look forward to; anticipate; bargain on; contemplate; estimate; judge; calculate; build upon; figure; account; discharge
заметить, замечать	notice; mark; observe; remark; reprove; behold; comment; distinguish; note; spy; gain sight of; get sight of; take notice
замечание	remark; comment; observation; criticism; reproof; rebuke; admonition; reprimand; note
народ	people; nation; public; crowd

дедушке о своём проигрыше и приказала заплатить.

Покойный дедушка, сколько я помню, был род бабушкина дворец-
кого. Он её боялся, как огня; однако, услышав о таком ужасном про́иг-
рыше, он вышел из себя, принёс счёты, доказал ей, что в полгода они
издержали полмиллиона, что под Парижем нет у них ни подмосковной,
ни саратовской деревни, и начисто отказался от платежа. Бабушка
дала ему пощёчину и легла спать одна, в знак своей немилости.

На другой день она велела позвать мужа, надеясь, что домашнее
наказание над ним подействовало, но нашла его непоколебимым. В
первый раз в жизни она дошла с ним до рассуждений и объяснений;
думала усовестить его, снисходительно доказывая, что долг долгу
рознь и что есть разница между принцем и каретником. — Куда! дедушка бунтовал. Нет, да и только! Бабушка не знала, что делать.

С нею был коротко знаком человек очень замечательный. Вы слы-
шали о графе Сен-Жермене, о котором рассказывают так много чу-
десного. Вы знаете, что он выдавал себя за Вечного Жида, за изоб-

dedushke o svoyóm próigry`she i prikazála zaplatít`.

Pokói`ny`i` dedushka, skól`ko ia pómniu, by`l rod bábushkina
dvorétskogo. On eyó boiálsia, kak ognia; odnáko, usly`shav o takóm
uzhásnom próigry`she, on vy`shel iz sebiá, prinyós schyóty`, dokazál
ei`, shto v polgóda oní izderzháli polmillióna, shto pod Parízhem net u
nikh ni podmoskóvnoi`, ni sarátovskoi` derévni, i náchisto otkazálsia ot
platezhá. Bábushka dalá emú poshchyóchinu i leglá spat` odná, v znak
svoéi` nemílosti.

Na drugói` den` oná veléla pozvát` múzha, nadéias`, shto domáshnee
nakazánie nad nim podéi`stvovalo, no nashlá egó nepokolebímy`m. V
pérvy`i` raz v zhízni oná doshlá s nim do rassuzhdénii` i ob`iasnénii`;
dúmala usóvestit` egó, snishodítel`no dokázy`vaia, shto dolg dólgu rozn`
i shto est` ráznitsa mézhdu príntsem i karétnikom. – Kudá! dedushka
buntovál. Net, da i tól`ko! Bábushka ne znála, shto délat`.

S néiu by`l kórotko znakóm chelovék óchen` zamechátel`ny`i`. Vy`
sly`shali o gráfe Sen-Zherméne, o kotórom rasskázy`vaiut tak mnógo
chudésnogo. Vy` znáete, shto on vy`davál sebiá za Véchnogo Zhidá, za

informed my grandfather of her loss at the gaming-table, and ordered him to pay the money.

My deceased grandfather, as far as I remember, was a sort of butler to my grandmother. He dreaded her like fire; but, on hearing of such a terrible loss, he lost his temper; he brought the bills, and pointed out to her that in six months they had spent half a million francs, that neither their near Moscow nor Saratov estates were near Paris, and refused point blank to pay the debt. My grandmother slapped his face and slept by herself as a sign of her displeasure.

The next day she sent for her husband, hoping that this domestic punishment had produced an effect upon him, but she found him inflexible. For the first time in her life, she entered into reasonings and explanations with him, thinking to be able to convince him by pointing out to him that there are debts and debts, and that there is a difference between a Prince and a coachmaker. But it was all in vain, my grandfather was in revolt. He said "no", and that was all! My grandmother did not know what to do.

She was closely acquainted with a very remarkable man. You have heard of Count St. Germain, about whom so many marvellous stories are told. You know that he represented himself as the Wandering Jew, as the discoverer

Vocabulary

про́игрыш	loss; failure; losing; defeat; instrumental break
проигрывать, проигра́ть	lose; game away; play away; gamble away; play over; play through
приказа́ть, прика́зывать	order; command; tell; direct; instruct; require; mandate
прика́з	order; command; office; board; commandment; decree; injunction; imperative; will; directive; instruction; edict
приказно́й, приказна́я	mandative; mandatory
прика́зчик	steward; seller; clerk; salesclerk; salesman; estate manager
плати́ть, заплати́ть	pay; settle; fee; disburse; give; part; render
пла́та	pay; fee; wages; fare; rent; board; charge; allowance; payment; premium
поко́йный	deceased; late; quiet; calm; easy

ретателя жизненного эликсира и философского камня, и прочая. Над ним смеялись, как над шарлатаном, а Казанова в своих Записках говорит, что он был шпион; впрочем, Сен-Жермен, несмотря на свою таинственность, имел очень почтенную наружность и был в обществе человек очень любезный. Бабушка до сих пор любит его без памяти и сердится, если говорят о нем с неуважением. Бабушка знала, что Сен-Жермен мог располагать большими деньгами. Она решилась к нему прибегнуть. Написала ему записку и просила немедленно к ней приехать.

Старый чудак явился тотчас и застал в ужасном горе. Она описала ему самыми чёрными красками варварство мужа и сказала наконец, что всю свою надежду полагает на его дружбу и любезность.

Сен-Жермен задумался.

"Я могу вам услужить этой суммою, – сказал он, – но знаю, что вы не будете спокойны, пока со мною не расплатитесь, а я бы не желал вводить вас в новые хлопоты. Есть другое средство: вы можете отыграться". – "Но, любезный граф, – отвечала бабушка, – я говорю вам, что у нас денег вовсе нет". – "Деньги тут не нужны, – возразил

izobretatelia zhiznennogo e`liksira i filosofskogo kamnia, i prochaia. Nad nim smeialis`, kak nad sharlatanom, a Kazanova v svoikh Zapiskakh govorit, shto on by`l shpion; vprochem, Sen-Zhermen, nesmotria na svoiu tainstvennost`, imel ochen` pochtennuiu naruzhnost` i by`l v obshchestve chelovek ochen` liubezny`i`. Babushka do sikh por liubit ego bez pamiati i serditsia, esli govoriat ob nem s neuvazheniem. Babushka znala, shto Sen-Zhermen mog raspolagat` bol`shimi den`gami. Ona reshilas` k nemu pribegnut`. Napisala emu zapisku i prosila nemedlenno k nei` priehat`.

Stary`i` chudak iavilsia totchas i zastal v uzhasnom gore. Ona opisala emu samy`mi chyorny`mi kraskami varvarstvo muzha i skazala nakonets, shto vsiu svoiu nadezhdu polagaet na ego druzhbu i liubeznost`.

Sen-Zhermen zadumalsia.

"Ya mogu vam usluzhit` e`toi` summoiu, – skazal on, – no znaiu, shto vy` ne budete spokoi`ny`, poka so mnoiu ne rasplatites`, a ia by` ne zhelal vvodit` vas v novy`e khlopoty. Est` drugoe sredstvo: vy` mozhete oty`grat`sia". – "No, liubezny`i` graf, – otvechala babushka, – ia govoriu vam, shto u nas deneg vovse net". – "Den`gi tut ne nuzhny`, – vozrazil Sen-Zhermen:

of the elixir of life, of the philosopher's stone, and so forth. Some laughed at him as a charlatan; but Casanova, in his memoirs, says that he was a spy. But be that as it may, St. Germain, in spite of the mystery surrounding him, was a person of respectable appearance and very gracious manners in the society. Even to this day my grandmother retains an affectionate recollection of him, and becomes quite angry if any one speaks disrespectfully of him. My grandmother knew that St. Germain had large sums of money at his disposal. She resolved to have recourse to him, and she wrote a letter to him asking him to come to her without delay.

The queer old man immediately waited upon her and found her overwhelmed with grief. She described to him in the blackest colours the barbarity of her husband, and ended by declaring that her whole hope depended upon his friendship and amiability.

"St. Germain reflected.

"'I could advance you the sum you want,' he said; 'but I know that you would not rest easy until you had paid me back, and I should not like to bring fresh troubles upon you. But there is another way of getting out of your difficulty: you can win back your money.' – 'But, my dear Count,' replied my grandmother, 'I tell you that we haven't any money left.' – 'Money

Vocabulary

смея́ться, насмеха́ться	laugh; mock; deride; joke; chaff; jest
смех	laughter; joke; fun; laugh; laughing
смеши́ть; насмеши́ть	make laugh; set laughing; amuse
смешно́й, смешна́я	laughable; ludicrous; ridiculous; funny; amusing; absurd; comic; droll; humorous
шпио́н, шпио́нка	spy; spook
шпиона́ж	espionage; spying
шпио́нить	spy; fink; snoop; scout
шпио́нский, шпио́нская	espionage; cloak-and-dagger
таи́нственность	mystique; occultness; mysteriousness
таи́нственный, таи́нственная	mysterious; secret; cryptic; mystic; occult; cabbalistic; enigmatic
таи́нство	mystery; ordinance; secret; sacrament

Сен-Жерме́н: – изво́льте меня́ вы́слушать". Тут он откры́л ей та́йну, за кото́рую вся́кий из нас до́рого бы дал…

Молоды́е игроки́ удво́или внима́ние. То́мский закури́л тру́бку, затяну́лся и продолжа́л.

В тот же са́мый ве́чер ба́бушка яви́лась в Верса́ле, au jeu de la Reine. Ге́рцог Орлеа́нский мета́л; ба́бушка слегка́ извини́лась, что не привезла́ своего́ до́лга, в оправда́ние сплела́ ма́ленькую исто́рию и ста́ла про́тив него́ понти́ровать. Она́ вы́брала три ка́рты, поста́вила их одну́ за друго́ю: все три вы́играли ей со́ника, и ба́бушка отыгра́лась соверше́нно.

– Слу́чай! – сказа́л оди́н из госте́й.

– Ска́зка! – заме́тил Ге́рманн.

– Мо́жет ста́ться, порошко́вые ка́рты? – подхвати́л тре́тий.

– Не ду́маю, – отвеча́л ва́жно То́мский.

– Как! – сказа́л Нару́мов, – у тебя́ есть ба́бушка, кото́рая уга́дывает три ка́рты сря́ду, а ты до сих пор не переня́л у ней её кабали́стики?

– izvo´l`te menia´ vy´slushat". Tut on otkry´l ei` ta´i`nu, za kotoru´iu vsia´kii` iz nas do´rogo by` dal…

Molody´e igroki´ udvo´ili vnima´nie. Tomskii` zakuri´l tru´bku, zatianu´lsia i prodolzha´l.

V tot zhe sa´my`i` ve´cher ba´bushka iavi´las` v Versa´le, au jeu de la Reine. Ge´rtsog Orlea´nskii` meta´l; ba´bushka slegka´ izvini´las`, shto ne privezla´ svoego´ do´lga, v opravda´nie splela´ ma´len`kuiu isto´riiu i sta´la pro´tiv nego´ ponti´rovat`. Ona´ vy´brala tri ka´rty`, posta´vila ikh odnu´ za drugo´iu: vse tri vy´igrali ei` so´nika, i ba´bushka oty`gra´las` sovershe´nno.

– Slu´chai`! – skaza´l odi´n iz goste´i`.

– Ska´zka! – zame´til Germann.

– Mo´zhet sta´t`sia, poroshko´vy`e ka´rty`? – podkhvati´l tre´tii`.

– Ne du´maiu, – otvecha´l va´zhno Tomskii`.

– Kak! – skaza´l Narumov, – u tebia´ est` ba´bushka, kotoraia uga´dy`vaet tri ka´rty` sria´du, a ty` do sikh por ne perenia´l u nei` eyo´ kabali´stiki?

is not necessary,' replied St. Germain: 'be pleased to listen to me.' Then he revealed to her a secret, for which each of us would give a good deal…"

The young gamblers listened with increased attention. Tomsky lit his pipe, pulled at it and then continued:

"That same evening my grandmother went to Versailles to the jeu de la Reine. The Duke of Orleans kept the bank; my grandmother excused herself in an off-hand manner for not having yet paid her debt, by inventing some little story, and then began to play against him. She chose three cards and played them one after the other: all three won sonika, [Said of a card when it wins or loses in the quickest possible time.] and my grandmother recovered all that she had lost."

"Mere chance!" said one of the guests.

"A fairy tale!" observed Hermann.

"Perhaps they were marked cards!" said a third.

"I do not think so," replied Tomsky gravely.

"What!" said Narumov, "you have a grandmother who knows how to hit upon three lucky cards in succession, and you have never yet succeeded in getting the secret of it out of her?"

Vocabulary

вы́слушать, выслу́шивать	listen; hear; examine; lend one's ear; give somebody a hearing; give an audience; grant an audience; hear out
откры́ть, открыва́ть	open; turn on; discover; disclose; reveal; unveil; inaugurate; bare; lay open; unclose; uncover; unfold; detect; invent; loose; start; unblock; unplug
дорого́й, дорога́я	valuable; expensive; costly; precious; sweet; love; dear; darling; sweetheart; sweetie
дорогови́зна	dearness; high price; costliness
молодо́й, молода́я	young; adolescent; new; junior; juvenile; kid; recent; fresh
мо́лодость	youth; adolescence; juvenility
молоды́е	newlyweds
молодёжь	youth; young people; young blood; the young; the youngsters; young things; young folk
молодёжный	youth; post-teen; young

– Да, чёрта с два! – отвечал Томский – у неё было четверо сыновей, в том числе и мой отец: все четыре отчаянные игроки, и ни одному не открыла она своей тайны; хоть это было бы не худо для них и даже для меня. Но вот что мне рассказывал дядя, граф Иван Ильич, и в чём он меня уверял честью. Покойный Чаплицкий, тот самый, который умер в нищете, промотав миллионы, однажды в молодости своей проиграл – помнится Зоричу – около трёхсот тысяч. Он был в отчаянии. Бабушка, которая всегда была строга к шалостям молодых людей, как-то сжалилась над Чаплицким. Она дала ему три карты, с тем, чтоб он поставил их одну за другою, и взяла с него честное слово впредь уже никогда не играть. Чаплицкий явился к своему победителю: они сели играть. Чаплицкий поставил на первую карту пятьдесят тысяч и выиграл соника; загнул пароли, пароли-пе, – отыгрался и остался ещё в выигрыше…

Однако пора спать: уже без четверти шесть.

В самом деле, уже рассветало: молодые люди допили свои рюмки и разъехались.

———

– Da, chyórta s dva! – otvechál Tomskii` – u nei` by`lo chetvero sy`novei`, v tom chislé i moí otéts: vse chety`re otchaíanny`e igrokí, i ni odnomú ne otkry`la oná svoeí taíny`; hot` e`to by`lo by` ne húdo dlia nikh i dázhe dlia menia. No vot shto mne rasskázy`val diadia, graf Iván Il`ích, i v chyom on menia uveriál chest`iu. Pokoí`ny`i` Chaplítskii`, tot samy`i`, kotory`i` úmer v nishchetè, promotáv millióny`, odnázhdy` v mólodosti svoeí proigrál – pómnitsia Zórichu – ókolo tryokhsót ty`siach. On by`l v otchaíanii. Bábushka, kotóraia vsegdá by`lá strogá k shálostiam molody`kh liudeí`, kák-to szhálilas` nad Chaplítskim. Oná dalá emú tri kárty`, s tem, chtob on postávil ikh odnú za drugóiu, i vziála s negó chéstnoe slovo vpred` uzhé nikogdá ne igrát`. Chaplítskii` iaví`lsia k svoemú pobedíteliu: oní séli igrát`. Chaplítskii` postávil na pérvuiu kártu piat`desiát ty`siach i vy`igral sonika; zagnúl parolí, parolí-pe, – oty`grálsia i ostálsia eshchyó v vy`igry`she…

Odnáko porá spat`: uzhé bez chétverti shest`.

V sámom déle, uzhé rassvetálo: molody`e liúdi dopíli svoí riúmki i raz`éhalis`.

"That's the deuce of it!" replied Tomsky: "she had four sons, one of whom was my father; all four were determined gamblers, and yet not to one of them did she ever reveal her secret, although it would not have been a bad thing either for them or for me. But this is what I heard from my uncle, Count Ivan Ilyich, and he assured me, on his honour, that it was true. The late Chaplitzky–the same who died in poverty after having squandered millions–once lost, in his youth, about three hundred thousand roubles–to Zorich, if I remember rightly. He was in despair. My grandmother, who was always very severe upon the extravagance of young men, took pity, however, upon Chaplitzky. She gave him three cards, telling him to play them one after the other, at the same time exacting from him a solemn promise that he would never play at cards again as long as he lived. Chaplitzky then went to his victorious opponent, and they began a fresh game. On the first card Chaplitzky staked fifty thousand rubles and won sonika; he doubled the stake and won again, till at last, he won back more than he had lost...

"But it is time to go to bed: it is a quarter to six already."

And indeed it was already beginning to dawn: the young men emptied their glasses and then took leave of each other.

Vocabulary

отвеча́ть, отве́тить	answer; reply; account; suit; rejoin; respond; return; give a reply; give a response; correspond
отве́т	response; answer; rejoinder; replication; reply
в том числе	including; which includes; of which; among other things
отча́янный, отча́янная	desperate; reckless; do-or-die; gutsy; last-ditch; audacious; despairing; foolhardy; violent; slam-bang; daring; daredevil; swashbuckling
отча́яние	despair; desperation; desolation; hopelessness
отча́яться, отча́иваться	despair; despond; lose heart
расска́зывать, рассказа́ть	tell; relate; narrate; recite; recount; report; give mouth; trumpet; give a talk; talk about; give an account of
расска́з	story; tale; narrative; anecdote; short story
расска́зчик	narrator; storyteller; teller; raconteur

II

— Il paraît que monsieur est décidément pour les suivantes.

— Que voulez-vous, madame? Elles sont plus fraîches.

Светский разговор.

Старая графиня *** сиде́ла в свое́й убо́рной пе́ред зе́ркалом. Три де́вушки окружа́ли её. Одна́ держа́ла ба́нку румя́н, друга́я коро́бку со шпи́льками, тре́тья высо́кий чепе́ц с ле́нтами о́гненного цве́та. Графи́ня не име́ла ни мале́йшего притяза́ния на красоту́, давно́ увя́дшую, но сохраня́ла все привы́чки свое́й мо́лодости, стро́го сле́довала мо́дам семидеся́тых годо́в и одева́лась так же до́лго, так же стара́тельно, как и шестьдеся́т лет тому́ наза́д. У око́шка сиде́ла за пя́льцами ба́рышня, её воспи́танница.

— Здра́вствуйте, grand'maman,— сказа́л, воше́дши, молодо́й офице́р. — Bonjour, mademoiselle Lise. Grand'maman, я к вам с про́сьбою.

— Что тако́е, Paul?

— Позво́льте вам предста́вить одного́ из мои́х прия́телей и привезти́ его́ к вам в пя́тницу на бал.

II

— Il paraît que monsieur est décidément pour les suivantes.

— Que voulez-vous, madame? Elles sont plus fraîches.

Svétskii` razgovór.

Stáraia grafínia *** sidéla v svoéi` ubórnoi` péred zérkalom. Tri dévushki okruzháli eyó. Odná derzhála bánku rumián, drugáia koróbku so shpí`l`kami, tret`ia výsókii` chepéts s léntami ógnennogo tsvéta. Grafínia ne iméla ni maléi`shego pritazániia na krasotú, davnó uviádshuiu, no sokhraniála vse privýchki svoéi` mólodosti, strógo slédovala módam semidesiáty`kh godóv i odeválas` tak zhe dólgo, tak zhe starátel`no, kak i shest`desiát let tomú nazád. U okóshka sidéla za piál`tsami báry`shnia, eyó vospítannitsa.

— Zdrávstvui`te, grand'maman,— skazál, voshédshi, molodói` ofitsér. — Bonjour, mademoiselle Lise. Grand'maman, ia k vam s pros`boiu.

— Shto takóe, Paul?

— Pozvól`te vam predstávit` odnogó iz moí`kh priiatelei` i priveztí egó k vam v piátnitsu na bal.

II

"It appears that monsieur has a decided preference for maids."
"What do you expect, madame? They are fresher."
Society conversation.

The old Countess *** was seated in her dressing-room in front of her mirror. Three maids stood around her. One held a small pot of rouge, another a box of hair-pins, and the third a tall cap with bright red ribbons. The Countess had no longer the slightest pretensions to beauty, which had faded long time ago, but she still preserved the habits of her youth, dressed in strict accordance with the fashion of the seventies, and made as long and as careful a toilette as she would have done sixty years previously. Near the window, at an embroidery frame, sat a young lady, her ward.

"Good morning, grandmamma," said a young officer, entering the room. "Bonjour, Mademoiselle Lise. Grandmamma, I want to ask you something."

"What is it, Paul?"

"I want you to let me introduce one of my friends to you, and to allow me to bring him to the ball on Friday."

Vocabulary

ста́рый, ста́рая	old; ancient; antique; olden; back; aged; veteran; elder; used
стару́ха	old woman; old wife; granny
стари́к	old man; old boy; oldster; old chap; old fellow
старико́вский, старико́вская	old man's; old woman's
старина́	olden time; antiquity; old bean; my boy; old buck; old chap; old fella
старе́ть, постаре́ть	grow old; age; get along in years; get old
ста́рость	old age; anility
ста́роста	elder; warden; steward; head boy; head girl; village chief
де́вушка	girl; lass; maiden; maid
деви́ца	girl; maiden; hussy; miss; young woman; spinster; wench
де́вичий, де́вичья	maiden; maidenly; virgin; maidenlike; virginal

— Привези́ мне его́ пря́мо на бал, и тут мне его́ и предста́вишь. Был ты вчера́сь у ***?

— Как же! о́чень бы́ло ве́село; танцева́ли до пяти́ часо́в. Как хороша́ была́ Еле́цкая!

— И, мой ми́лый! Что в ней хоро́шего? Такова́ ли была́ её ба́бушка, княги́ня Да́рья Петро́вна?.. Кста́ти: я чай, она́ уж о́чень постаре́ла, княги́ня Да́рья Петро́вна?

— Как, постаре́ла? — отвеча́л рассе́янно То́мский, — она́ лет семь как умерла́.

Ба́рышня подняла́ го́лову и сде́лала знак молодо́му челове́ку. Он вспо́мнил, что от ста́рой графи́ни таи́ли смерть её рове́сниц, и закуси́л себе́ гу́бу. Но графи́ня услы́шала весть, для неё но́вую, с больши́м равноду́шием.

— Умерла́! — сказа́ла она́, — а я и не зна́ла! Мы вме́сте бы́ли пожа́лованы во фре́йлины, и когда́ мы предста́вились, то госуда́рыня...

И графи́ня в со́тый раз рассказа́ла вну́ку свой анекдо́т.

— Ну, Paul, — сказа́ла она́ пото́м, — тепе́рь помоги́ мне встать. Ли́занька, где моя́ табаке́рка?

***

— Privezí mne egó priámo na bal, i tut mne egó i predstávish`. Bý l tỳ vcherás` u ***?

— Kak zhe! о́chen` bý lo vе́selo; tantseváli do piatí chasо́v. Kak horoshá bý la Elе́tskaia!

— I, moі̀ mí lý̀ і̀! Shto v neі̀ horо́shego? Taková li bý la eyо́ bábushka, kniagі́nia Dar`ia Petrо́vna?.. Kstáti: ia chaі̀, oná uzh о́chen` postarе́la, kniagі́nia Dar`ia Petrо́vna?

— Kak, postarе́la? — otvechál rassе́ianno Tо́mskiі̀, — oná let sem` kak umerlá.

Bа́rý shnia podnialá gо́lovu i sdе́lala znak molodо́mu chelovе́ku. On vspо́mnil, shto ot stároі̀ grafini taі̀li smert` eyо́ rovе́snits, i zakusі́l sebе́ gubu. No grafinia uslý shala vest`, dlia neyо́ nо́vuiu, s bol`shі́m ravnodу́shiem.

— Umerlá! — skazála oná, — a ia i ne znála! Mý vmе́ste bý li pozhálovanỳ vo frе́і̀ linỳ, i kogdá mý predstávilis`, to gosudárỳ nia...

I grafinia v sо́tý̀ і̀ raz rasskazála vnу́ku svoі̀ anekdо́t.

— Nu, Paul, — skazála oná potо́m, — tepе́r` pomogí mne vstat`. Lí zan`ka, gde moiá tabakе́rka?

"Bring him direct to the ball and introduce him to me there. Were you at *** yesterday?"

"Yes; everything went off very pleasantly, and dancing was kept up until five o'clock. How charming Yeletzkaya was!"

"But, my dear, what is there charming about her? You should have seen her grandmother, Princess Darya Petrovna!.. By the way, she must have aged very much, Princess Darya Petrovna."

"How do you mean, aged?" replied Tomsky thoughtlessly; "she died about seven years ago."

The young lady raised her head and made a sign to the young man. He then remembered that the old Countess was never to be informed of the death of any of her contemporaries, and he bit his lip. But the Countess heard the news with the greatest indifference.

"Dead!" she said; "and I did not know it! We were appointed maids of honour at the same time, and when we presented ourselves, the Empress…"

And the Countess for the hundredth time related to her grandson her anecdote.

"Come, Paul," she said afterwards, "help me to get up. Lizanka, where is my snuff-box?"

Vocabulary

предста́вить, представля́ть	present; imagine; introduce; adduce; afford; deliver; prefer; produce; propose; recommend; render; represent; subject; put in; send in; set before; elaborate; conceive; demonstrate
представи́тель	representative; advocate; delegate; spokesman
представи́тельный, представи́тельная	commanding; impressive; dignified; representational; representative; stately; imposing; portly; respectable; personable; presentable
представле́ние	presentation; performance; introduction; idea; notion; application; account; insight; submission; representation; play; spectacle
ве́село	gaily; lively; sprightly; cheerily; amusedly; cheerfully; festively; gleefully; jauntily; jovially; joyfully; light-heartedly; merrily
весёлый, весёлая	gay; merry; cheerful; jolly; jovial; joyful; joyous; light-hearted; breezy; cheery; hilarious

И графи́ня со свои́ми де́вушками пошла́ за ши́рмами ока́нчивать свой туале́т. То́мский оста́лся с ба́рышнею.

– Кого́ э́то вы хоти́те предста́вить? – ти́хо спроси́ла Лизаве́та Ива́новна.

– Нару́мова. Вы его́ зна́ете?

– Нет! Он вое́нный и́ли ста́тский?

– Вое́нный.

– Инжене́р?

– Нет! кавалери́ст. А почему́ вы ду́мали, что он инжене́р?

Ба́рышня засмея́лась и не отвеча́ла ни сло́ва.

– Paul! – закрича́ла графи́ня из-за ши́рмов, – пришли́ мне какой-нибудь но́вый рома́н, то́лько пожа́луйста, не из ны́нешних.

– Как э́то, grand'maman?

– То есть тако́й рома́н, где бы геро́й не дави́л ни отца́, ни ма́тери и где бы не́ бы́ло уто́пленных тел. Я ужа́сно бою́сь уто́пленников!

– Таки́х рома́нов ны́нче нет. Не хоти́те ли ра́зве ру́сских?

– А ра́зве есть ру́сские рома́ны?.. Пришли́, ба́тюшка, пожа́луйста, пришли́!

I grafinia so svoími dévushkami poshlá za shírmami okánchivat` svoi` tualét. Tómskii` ostálsia s báry`shneiu.

– Kogó éto vy` hotíte predstavit`? – tího sprosíla Lizavéta Ivánovna.

– Narúmova. Vy` egó znáete?

– Net! On voénny`i` íli státskii`?

– Voénny`i`.

– Inzhenér?

– Net! kavaleríst. A pochemú vy` dúmali, shto on inzhenér?

Báry`shnia zasmeialás` i ne otvechála ni slóva.

– Paul! – zakrichála grafinia iz-zá shírmov, – prishlí mne kakoi`-nibud` nóvy`i` román, tól`ko pozhálui`sta, ne iz ny`neshnikh.

– Kak éto, grand'maman?

– To est` takói` román, gde by` geroi` ne daví l ni ottsá, ni máteri i gde by` né by`lo utóplenny`kh tel. Ya uzhásno boius` utóplennikov!

– Takíkh románov ny`nche net. Ne hotíte li rázve russkikh?

– A rázve est` russkie romány`?.. Prishlí, bátiushka, pozhálui`sta, prishlí!

And the Countess with her maids went behind a screen to finish her toilette. Tomsky was left alone with the young lady.

"Who is the gentleman you wish to introduce to the Countess?" asked Lizaveta Ivanovna in a whisper.

"Narumov. Do you know him?"

"No! Is he an officer or a civilian?"

"An officer."

"Is he in the Engineers?"

"No! in the Cavalry. What made you think that he was in the Engineers?"

The young lady smiled, but made no reply.

"Paul!" cried the Countess from behind the screen, "send me some new novel, only pray don't let it be one of the present day style."

"What do you mean, grandmamma?"

"That is, a novel, in which the hero strangles neither his father nor his mother, and in which there are no drowned bodies. I have a great horror of drowned persons!"

"There are no such novels nowadays. Would you like a Russian one?"

"Are there any Russian novels?.. Send me one, my dear, pray send me one!"

Vocabulary

туале́т	ensemble; lavatory; public convenience; toilet room; cloakroom; the john; outhouse; restroom; dress; toilette
туале́тный, туале́тная	toilet
оста́ться, остава́ться	remain; stay; continue; keep; rest; stick; be left; remain behind; stop with
оста́ток	remainder; balance; surplus; remnant; residue; rest; relic; remains
оста́точный, оста́точная	residual; permanent; vestigial
спроси́ть, спра́шивать	ask; inquire; demand; enquire; interrogate; question; hold someone responsible
спрос	demand; request; market
вое́нный, вое́нная	military; war; martial; warlike; army; service; soldierly; military man; soldier

– Прости́те, grand'maman: я спешу́... Прости́те, Лизаве́та Ива́новна! Почему́ же вы ду́мали, что Нару́мов инжене́р?

И То́мский вы́шел из убо́рной.

Лизаве́та Ива́новна оста́лась одна́: она́ оста́вила рабо́ту и ста́ла гляде́ть в окно́. Вско́ре на одно́й стороне́ у́лицы из-за уго́льного до́ма показа́лся молодо́й офице́р. Румя́нец покры́л её щёки: она́ приняла́сь опя́ть за рабо́ту и наклони́ла го́лову над са́мой канво́ю. В э́то вре́мя вошла́ графи́ня, совсе́м оде́тая.

– Прикажи́, Ли́занька, – сказа́ла она́, – каре́ту закла́дывать, и пое́дем прогуля́ться.

Ли́занька вста́ла из-за пя́льцев и ста́ла убира́ть свою́ рабо́ту.

– Что ты, мать моя́! глуха́, что ли! – закрича́ла графи́ня. – Вели́ скоре́й закла́дывать каре́ту.

– Сейча́с! – отвеча́ла ти́хо ба́рышня и побежа́ла в пере́днюю.

Слуга́ вошёл и по́дал графи́не кни́ги от кня́зя Па́вла Алекса́ндровича.

– Хорошо́! Благодари́ть, – сказа́ла графи́ня. – Ли́занька, Ли́занька! да куда́ ж ты бежи́шь?

– Prostíte, grand'maman: ia speshú... Prostíte, Lizavéta Ivánovna! Pochemú zhe vy̍ dúmali, shto Narúmov inzhenér?

I Tómskii` vy̍shel iz ubórnoi`.

Lizavéta Ivánovna ostálas` odná: oná ostávila rabótu i stála gliadét` v oknó. Vskóre na odnó̍i` storoné úlitsy` iz-za ugól`nogo dóma pokazálsia molodó̍i` ofitsér. Rumiánets pokry̍l eyó shchyóki: oná prinialás` opiát` za rabótu i naclonī̍la gólovu nad sámoi` kanvó̍iu. V e̍to vrémia voshlá grafinia, sovsém odétaia.

– Prikazhí, Lízan`ka, – skazála oná, – karétu zaclády`vat`, i poédem proguliát`sia.

Lízan`ka vstála iz-za piál`tsev i stála ubirát` svoiú rabótu.

– Shto ty̍, mat` moiá! gluhá, shto li! – zakrichála grafinia. – Velí skoré̍i` zaclády`vat` karétu.

– Sei`chás! – otvechála tī̍ho báry`shnia i pobezhála v perédniuiu.

Slugá voshól i podál grafine knígi ot kniázia Pávla Aleksándrovicha.

– Horoshó! Blagodarít`, – skazála grafinia. – Lízan`ka, Lízan`ka! da kudá zh ty̍ bezhí̍sh`?

"Good-bye, grandmamma: I am in a hurry… Good-bye, Lizaveta Ivanovna! What made you think that Narumov was in the Engineers?"

And Tomsky left the dressing-room.

Lizaveta Ivanovna was left alone: she laid aside her work and began to look out of the window. A few moments afterwards, at a corner house on the other side of the street, a young officer appeared. A deep blush covered her cheeks; she took up her work again and bent her head down over the canvas. At the same moment the Countess returned completely dressed.

"Order the carriage, Lizanka," she said; "we will go out for a drive."

Lizanka arose from the frame and began to put away her work.

"What is the matter with you, my dear, are you deaf?" cried the Countess. "Order the carriage to be got ready at once."

"I will do so this moment," replied the young lady in a low voice, hastening into the ante-room.

A servant entered and gave the Countess some books from Prince Pavel Alexandrovich.

"Good! Tell him that I am much obliged to him," said the Countess. "Lizanka! Lizanka! Where are you running to?"

Vocabulary

простить, прощать	absolve; excuse; forgive; pardon; release; remit; let off; let something pass; look over; condone
прощение	forgiveness; pardon; absolution; remission; grace; mercy
прощание	leave-taking; farewell; adieu; goodbye; farewell address; parting; last respects
прощаться, попрощаться	take leave; bid farewell; say good-bye
прощальный, прощальная	farewell; parting; valedictory
думать, подумать	think; reflect; meditate; intend; suspect; believe; bethink; deem; dream; imagine; mean; reckon; see; suppose; cerebrate; metaphysicize; gather
дума	thought; meditation; the state duma
глядеть, поглядеть	look; glance; look after; take care of; peep; see; stare

– Одева́ться.

– Успе́ешь, ма́тушка. Сиди́ здесь. Раскро́й-ка пе́рвый том; чита́й вслух…

Ба́рышня взяла́ кни́гу и прочла́ не́сколько строк.

– Гро́мче! – сказа́ла графи́ня. – Что с тобо́ю, мать моя́? с го́лосу спа́ла, что ли?.. Погоди́: подви́нь мне скаме́ечку, бли́же… ну!

Лизаве́та Ива́новна прочла́ ещё две страни́цы. Графи́ня зевну́ла.

– Брось э́ту кни́гу, – сказа́ла она́, – что за вздор! Отошли́ э́то кня́зю Па́влу и вели́ благодари́ть… Да что ж каре́та?

– Каре́та гото́ва, – сказа́ла Лизаве́та Ива́новна, взгляну́в на у́лицу.

– Что ж ты не оде́та? – сказа́ла графи́ня, – всегда́ на́добно тебя́ ждать! Э́то, ма́тушка, несно́сно.

Ли́за побежа́ла в свою́ ко́мнату. Не прошло́ двух мину́т, графи́ня начала́ звони́ть изо́ всей мочи́. Три де́вушки вбежа́ли в одну́ дверь, а камерди́нер в другу́ю.

– Что э́то вас не докли́чешься? – сказа́ла им графи́ня. – Сказа́ть Лизаве́те Ива́новне, что я её жду.

━━━━━━━━━━━━━━━━━━━━━━━━━━━━━━━

– Odeva´t`sia.

– Uspe´esh`, ma´tushka. Sidi´ zdes`. Raskro´i`-ka pe´rvy`i` tom; chita´i` vslukh…

Ba´ry`shnia vziala´ kni´gu i prochla´ ne´skol`ko strok.

– Gro´mche! – skaza´la grafi´nia. – Shto s tobo´iu, mat` moia´? s go´losu spa´la, shto li?.. Pogodi´: podvi´n` mne skame´echku, bli´zhe… nu!

Lizave´ta Iva´novna prochla´ eshchyo´ dve strani´tsy`. Grafi´nia zevnu´la.

– Bros` e´tu kni´gu, – skaza´la ona´, – shto za vzdor! Otoshli´ e´to knia´ziu Pa´vlu i veli´ blagodari´t`… Da shto zh kare´ta?

– Kare´ta gotova, – skaza´la Lizave´ta Iva´novna, vzglianu´v na u´litsu.

– Shto zh ty` ne ode´ta? – skaza´la grafi´nia, – vsegda´ na´dobno tebia´ zhdat`! E´to, ma´tushka, nesno´sno.

Li´za pobezha´la v svoiu´ ko´mnatu. Ne proshlo´ dvukh minu´t, grafi´nia nachala´ zvoni´t` izo´ vsei` mochi´. Tri de´vushki vbezha´li v odnu´ dver`, a kamerdi´ner v drugu´iu.

– Shto e´to vas ne docli´chesh`sia? – skaza´la im grafi´nia. – Skaza´t` Lizave´te Iva´novne, shto ia eyo´ zhdu.

"I am going to dress."

"There is plenty of time, my dear. Sit down here. Open the first volume and read to me aloud…"

The young lady took the book and read a few lines.

"Louder!" said the Countess. "What is the matter with you, my dear? Have you lost your voice?.. Wait: give me that footstool, a little nearer… come on!"

Lizaveta Ivanovna read two more pages. The Countess yawned.

"Put the book down," she said: "what a lot of nonsense! Send it back to Prince Pavel with my thanks… But where is the carriage?"

"The carriage is ready," said Lizaveta Ivanovna, looking out into the street.

"How is it that you are not dressed?" said the Countess: "I must always wait for you! It is intolerable, my dear."

Liza hastened to her room. She had not been there two minutes before the Countess began to ring with all her might. The three maids came running in at one door and the valet at another.

"How is it that you cannot hear me when I ring for you?" said the Countess. "Tell Lizaveta Ivanovna that I am waiting for her."

Vocabulary

успе́ть, успева́ть	have time; catch; make it; manage
сиде́ть	sit; stay; be seated; cover; hang
сидя́чий, сидя́чая	sedentary; sitting; sit-down; confining; desk-bound
сиде́нье	sitting; bottom; place; space; seat; saddle
раскры́ть, раскрыва́ть	open; lay bare; bare; disclose; discover; develop; expose; release; find out
раскры́тие	revelation; disclosure; discovery; expansion; show-up; baring
чита́ть, прочита́ть	read; recite; give; deliver; lecture; teach
чита́тель	reader; member of a library
чте́ние	reading; recital; read
чти́во	read; literary garbage; trash literature
взять, брать	take; draw upon; conquer; get
взя́тие	seizure; capture; take; hold
взя́тка	bribe; grease; payoff; hush-money

Лизаве́та Ива́новна вошла́ в капо́те и в шля́пке.

– Наконе́ц, мать моя́! – сказа́ла графи́ня. – Что за наря́ды! Заче́м это?.. кого́ прельща́ть?.. А какова́ пого́да? – ка́жется, ве́тер.

– Ника́к нет-с, ва́ше сия́тельство! о́чень ти́хо-с! – отвеча́л камерди́нер.

– Вы всегда́ говори́те наобу́м! Отвори́те фо́рточку. Так и есть: ве́тер! и прехоло́дный! Отложи́ть каре́ту! Ли́занька, мы не пое́дем: не́чего бы́ло наряжа́ться.

“И вот моя́ жизнь!” – поду́мала Лизаве́та Ива́новна.

В са́мом де́ле, Лизаве́та Ива́новна была́ пренесча́стное созда́ние. Го́рек чужо́й хлеб, говори́т Да́нте, и тяжелы́ ступе́ни чужо́го крыльца́, а кому́ и знать го́речь зави́симости, как не бе́дной воспи́таннице зна́тной стару́хи? Графи́ня ***, коне́чно, не име́ла злой души́; но была́ своенра́вна, как же́нщина, избало́ванная све́том, скупа́ и погружена́ в холо́дный эгои́зм, как и все ста́рые лю́ди, отлюби́вшие в свой век и чу́ждые настоя́щему. Она́ уча́ствовала во всех су́етностях большо́го све́та, таска́лась на балы́, где сиде́ла в углу́, разрумя́ненная и оде́тая по стари́нной мо́де, как уро́дливое и необходи́мое украше́ние ба́льной

Lizavéta Ivánovna voshlá v kapóte i v shliápke.

– Nakonéts, mat` moiá! – skazála grafínia. – Shto za nariády`! Zachém e`to?.. kogó prel`shchat`?.. A kaková pogóda? – kázhetsia, véter.

– Nikák net-s, váshe siiátel`stvo! óchen` tího-s! – otvechál kamerdíner.

– Vy` vsegdá govoríte naobúm! Otvoríte fórtochku. Tak i est`: véter! i preholódny`i`! Otlozhít` karétu! Lízan`ka, my` ne poédem: néchego by`lo nariazhát`sia.

“I vot moiá zhizn`!” – podúmala Lizavéta Ivánovna.

V sámom déle, Lizavéta Ivánovna by`lá preneschástnoe sozdánie. Górek chuzhói` khleb, govorít Dánte, i tiazhelý stupéni chuzhógo kry`l`tsá, a komú i znat` górech` zavísimosti, kak ne bédnoi` vospítannitse znatnoi` starúhi? Grafínia ***, konéchno, ne iméla zloi` dushí; no by`lá svoenrávna, kak zhénshchina, izbalóvannaia svétom, skupá i pogruzhená v holódny`i` e`goízm, kak i vse stáry`e liúdi, otliubívshie v svoi` vek i chúzhdy`e nastoiáshchemu. Oná uchástvovala vo vsekh súetnostiakh bol`shógo svéta, taskálas` na balý, gde sidéla v uglú, razrumiánennaia i odétaia po starínnoi` móde, kak uródlivoe i neobhodímoe ukrashénie baĺ`noi` zály`;

Lizaveta Ivanovna entered with her hat and cloak on.

"At last you are here, my dear!" said the Countess. "But why such an elaborate toilette?.. Whom do you intend to captivate?.. What sort of weather is it? It seems rather windy."

"No, your Ladyship, it is very calm!" replied the valet.

"You're always saying things off the top of your head! Open the small window. So it is: windy and bitterly cold! Unharness the horses! Lizanka, we won't go out–there was no need for you to deck yourself like that."

"What a life is mine!" thought Lizaveta Ivanovna.

And, in truth, Lizaveta Ivanovna was a very unfortunate creature. "The bread of the stranger is bitter," says Dante, "and his staircase hard to climb." But who can know what the bitterness of dependence is so well as the poor companion of an old lady of quality? The Countess *** had by no means a bad heart, but she was capricious, like a woman who had been spoilt by society, as well as being avaricious and sunk in cold egoism, like all old people who have expended their capacity for love early in life and who are out of touch with the present. She participated in all the vanities of grand society, went to balls, where she sat in a corner, painted and dressed in old-fashioned style, like a deformed but indispensable ornament of the

Vocabulary

входить, войти	enter; come; be included in; penetrate into; get in; go in
вход	entrance; admittance; doorway; gateway
наконец	finally; at length; at last; in the end; after all
наряд	attire; dress; assignment; commission; detachment; fatigue; array; garb; detail; order; vest; tour of duty; work sheet; get-up; garment
нарядный, нарядная	smart; trim; elegant; spruce; chic; fine; spiffed; spiffy; well-dressed; dandy
наряжаться, нарядиться	dress up; spruce up; prink oneself up; smug oneself; doll up
наряжать, нарядить	dress; detach; assign; set up; attire; fig; prank
прельщать, прельстить	attract; commend; dazzle; captivate; charm; tempt; entice; seduce
наобум	at random; haphazardly; blindly; hobnob; by guess-work; on spec

залы; к ней с ни́зкими покло́нами подходи́ли приезжа́ющие го́сти, как
по устано́вленному обря́ду, и пото́м уже́ никто́ е́ю не занима́лся. У
себя́ принима́ла она́ весь го́род, наблюда́я стро́гий этике́т и не узнава́я
никого́ в лицо́. Многочи́сленная че́лядь её, разжире́в и поседе́в в
её пере́дней и деви́чьей, де́лала что хоте́ла, наперерыв обкра́дывая
умира́ющую стару́ху. Лизаве́та Ива́новна была́ дома́шней му́ченицею.
Она́ разлива́ла чай и получа́ла вы́говоры за ли́шний расхо́д са́хара;
она́ вслух чита́ла рома́ны и винова́та была́ во всех оши́бках а́втора;
она́ сопровожда́ла графи́ню в её прогу́лках и отвеча́ла за пого́ду и за
мостову́ю. Ей бы́ло назна́чено жа́лованье, кото́рое никогда́ не допла́чи-
вали; а ме́жду тем тре́бовали от неё, чтоб она́ оде́та была́, как и все,
то есть как о́чень немно́гие. В све́те игра́ла она́ са́мую жа́лкую роль.
Все её зна́ли, и никто́ не замеча́л; на бала́х она́ танцева́ла то́лько тогда́,
как недостава́ло vis-à-vis, и да́мы бра́ли её под ру́ку вся́кий раз, как им
ну́жно бы́ло идти́ в убо́рную попра́вить что-нибудь в своём наря́де.
Она́ была́ самолюби́ва, жи́во чу́вствовала своё положе́ние и гляде́ла
круго́м себя́, – с нетерпе́нием ожида́я избави́теля; но молоды́е лю́ди,

---

k nei` s ní zkimi poclónami podhodí li priezzhá iushchie gósti, kak po
ustanóvlennomu obriá du, i potóm uzhé nikto é iu ne zanimá lsia. U sebiá
prinimá la ona ves` górod, nabliudá ia strógii` e`tiket i ne uznavá ia nikogó v
litsó. Mnogochí slennaia ché liad` eyó, razzhirév i posedév v eyó pere´dnei`
i deví ch`ei`, dé lala shto hoté la, napererý v obkrá dy`vaia umirá iushchuiu
stará huu. Lizavé ta Ivánovna by`la domáshnei` múchenitseiu. Oná razlivá la
chai` i poluchá la vy´govory` za lí shnii` rashó d sáhara; oná vslukh chitá la
romány` i vinová ta by`la vo vsekh oshí bkakh á vtora; oná soprovozhdá la
grafíniu v eyó progú lkakh i otvechá la za pogó du i za mostovú iu. Ei`
by`lo nazná cheno zhá lovan`e, kotóroe nikogdá ne doplá chivali; a mézhdu
tem tré bovali ot neyó, chtob oná odé ta by`la, kak i vse, to est` kak óchen`
nemnó gie. V své te igrá la ona sá muiu zhá lkuiu rol`. Vse eyó zná li, i niktó ne
zamechá l; na balá kh oná tantsevá la tó l`ko togdá, kak nedostavá lo vis-?-vis,
i dámy` brá li eyó pod rú ku vsiá kii` raz, kak im nú zhno by` lo idtí v ubórnuiu
poprá vit` shto-nibud` v svoyóm naria de. Oná by`la samoliubí va, zhí vo
chú vstvovala svoyó polozhé nie i gliadé la krugóm sebiá, – s neterpé niem
ozhidá ia izbaví telia; no molodý e liú di, raschyótlivy` e v vé trenom svoyóm

ball-room; all the guests on entering approached her and made a profound bow, as if in accordance with a set ceremony, but after that nobody took any further notice of her. She received the whole town at her house, and observed the strictest etiquette, although she could no longer recognise the faces of people. Her numerous domestics, growing fat and grey-haired in her ante-chamber and servants' hall, did just as they liked, and vied with each other in robbing the moribund old woman. Lizaveta Ivanovna was the martyr of the household. She poured tea, and was reproached with using too much sugar; she read novels aloud, and the faults of the author were visited upon her head; she accompanied the Countess in her walks, and was held answerable for the weather or the state of the pavement. A salary was attached to the post, but she very rarely received it, although she was expected to dress like everybody else, that is to say, like very few indeed. In society she played the most pitiable role. Everybody knew her, and nobody paid her any attention. At balls she danced only when a partner was wanted, and ladies would only take hold of her arm when it was necessary to lead her out of the room to attend to their dresses. She was very self-conscious, and felt her position keenly, and she looked about her with impatience for a deliverer to come to her rescue; but the young men, calculating in their vain

Vocabulary

ни́зкий, ни́зкая	low; mean; base; short; bass; dishonourable; lower; ignoble; vile; nefarious; abject; bottom; cheap; deep; grave; lousy; poor; base-spirited; mean-spirited; scoundrelly
ни́зость	meanness; baseness; infamy; turpitude; abjection; ignominy; dirtiness; pettiness; rascality; villainy; filth; mean-spiritedness; rottenness; nefariousness
низи́на	hollow; lowland; low ground
покло́н	bow; regards; curtsey; respects; compliments; greeting; reverence; salute
поклоне́ние	worship; deference; adoration; descent; idolatry; cult
поклони́ться	bow; greet; give a bow; make a bow
поклоня́ться	worship; adore; idolize; offer worship to; fetishize; venerate

расчётливые в ве́треном своём тщесла́вии, не удосто́ивали её внима́-
ния, хотя́ Лизаве́та Ива́новна была́ сто раз миле́е на́глых и холо́дных
неве́ст, о́коло кото́рых они́ увива́лись. Ско́лько раз, оставя́ тихо́нько
ску́чную и пы́шную гости́ную, она́ уходи́ла пла́кать в бе́дной свое́й
ко́мнате, где стоя́ли ши́рмы, окле́енные обо́ями, комо́д, зерка́льце и
кра́шеная крова́ть и где са́льная свеча́ темно́ горе́ла в ме́дном шан-
да́ле!

Одна́жды, – э́то случи́лось два дня по́сле ве́чера, опи́санного в
нача́ле э́той по́вести, и за неде́лю пе́ред той сце́ной, на кото́рой мы
останови́лись, – одна́жды Лизаве́та Ива́новна, си́дя под око́шком за
пя́льцами, неча́янно взгляну́ла на у́лицу и уви́дела молодо́го инжене́ра,
стоя́щего неподви́жно и устреми́вшего глаза́ к её око́шку. Она́ опусти́-
ла го́лову и сно́ва заняла́сь рабо́той; че́рез пять мину́т взгляну́ла
опя́ть, – молодо́й офице́р стоя́л на том же ме́сте. Не име́я привы́чки
коке́тничать с прохо́жими офице́рами, она́ переста́ла гляде́ть на у́лицу
и ши́ла о́коло двух часо́в, не приподнима́я головы́. По́дали обе́дать. Она́
вста́ла, начала́ убира́ть свои́ пя́льцы и, взгляну́в неча́янно на у́лицу,
опя́ть уви́дела офице́ра. Э́то показа́лось ей дово́льно стра́нным. По́сле

───────────────────

tshcheslávii, ne udosto´ivali eyó vnimániia, hotiá Lizavéta Ivánovna by`lá
sto raz milée nágly`kh i holódny`kh nevést, ókolo kotóry`kh oní uvivális`.
Skol`ko raz, ostavia tihon`ko skúchnuiu i py´shnuiu gostínuiu, oná uhodíla
plákat` v bédnoi` svoei` kómnate, gde stoiáli shírmy`, ocléenny`e obóiami,
komód, zerkal`tse i krashenaia krovat` i gde sal`naia svecha temnó goréla
v médnom shandále!

Odnázhdy`, – éto sluchílos` dva dnia pósle véchera, opísannogo v
nachále étoi` pó vesti, i za nedéliu péred toi` stsénoi`, na kotóroi` my`
ostanovílis`, – odnázhdy` Lizavéta Ivánovna, sídia pod okóshkom za
pial`tsami, nechaianno vzglianúla na úlitsu i uvídela molodógo inzhenéra,
stoiáshchego nepodvízhno i ustremívshego glazá k eyó okóshku. Oná
opustíla gólovu i snóva zanialás` rabótoi`; chérez piat` mínut vzglianúla
opiát`, – molodói` ofitsér stoiál na tom zhe méste. Ne iméia privy´chki
koké tnichat` s prohózhimi ofitsérami, oná perestála gliadét` na úlitsu i
shíla ókolo dvukh chasóv, ne pripodnimáia golovy´. Pódali obédat. Oná
vstála, nachalá ubirát` svoí pial`tsy` i, vzglianúv nechaianno na úlitsu,
opiát` uvídela ofitséra. Éto pokazálos` ei` dovól`no stránny`m. Pósle

giddiness, honoured her with but very little attention, although Lizaveta Ivanovna was a hundred times prettier than the bare-faced and cold-hearted marriageable girls around whom they hovered. Many a time did she quietly slink away from the glittering but wearisome drawing-room, to go and cry in her own poor room, in which stood screens pasted over with wallpaper, a chest of drawers, a little mirror and a painted bedstead, and where a tallow candle burnt feebly in a copper candle-stick!

Once–this was two days after the evening party described at the beginning of this story, and a week previous to the scene at which we have just assisted–Lizaveta Ivanovna was seated near the window at her embroidery frame, when, happening to look out into the street, she caught sight of a young Engineer officer, standing motionless with his eyes fixed upon her window. She lowered her head and went on again with her work. Five minutes afterwards she looked out again–the young officer was still standing in the same place. Not being in the habit of coquetting with passing officers, she did not continue to gaze out into the street, but went on sewing for a couple of hours, without raising her head. Dinner was announced. She rose up and began to put her embroidery frame away, but glancing casually out of the window, she saw the officer again. This seemed to her rather strange.

Vocabulary

ве́треный, ве́треная	windy; blowy; feather-brained; feather-headed; flighty; flippant; foul; giddy; gusty; blasty; giddy-brained; light-headed; blowing; unthinking; volatile
ве́тер	wind; breeze
ветряно́й, ветряна́я	wind; wind-driven; wind-powered
ветря́нка	chicken pox
ветро́вка	windbreaker; cagoule
тщесла́вие	vanity; conceit; false pride; self-exaltation; love of fame
тщесла́вный, тщесла́вная	vain; conceited
внима́ние	attention; care; consideration; heed; note; notice; regard; remark; concern; kindness
внима́тельный, внима́тельная	attentive; gallant; considerate; careful; intent; mindful; thoughtful

обеда она подошла к окошку с чувством некоторого беспокойства, но уже офицера не было, – и она про него забыла…

Дня через два, выходя с графиней садиться в карету, она опять его увидела. Он стоял у самого подъезда, закрыв лицо бобровым воротником: чёрные глаза его сверкали из-под шляпы. Лизавета Ивановна испугалась, сама не зная чего, и села в карету с трепетом неизъяснимым.

Возвратясь домой, она подбежала к окошку, – офицер стоял на прежнем месте, устремив на неё глаза: она отошла, мучась любопытством и волнуемая чувством, для неё совершенно новым.

С того времени не проходило дня, чтоб молодой человек, в известный час, не являлся под окнами их дома. Между им и ею учредились неусловленные сношения. Сидя на своём месте за работой, она чувствовала его приближение, – подымала голову, смотрела на него с каждым днём долее и долее. Молодой человек, казалось, был за то ей благодарен: она видела острым взором молодости, как быстрый румянец покрывал его бледные щёки всякий раз, когда взоры их встречались. Через неделю она ему улыбнулась…

obeda oná podoshlá k okóshku s chúvstvom nékotorogo bespokói`stva, no uzhé ofitséra né by`lo, – i oná pro negó zaby`la…

Dnia cherez dva, vy`hodia s grafinei` sadít`sia v karétu, oná opiat` egó uvídela. On stoiál u samogo pod``ezda, zakry`v litsó bobróvy`m vorotnikóm: chyórny`e glaza egó sverkáli iz-pód shliápy`. Lizavéta Ivánovna ispugálas`, sama ne znáia chego, i séla v karétu s trépetom neiz``iasnímy`m.

Vozvratiás` domói`, oná podbezhála k okóshku, – ofitsér stoiál na prézhnem méste, ustremív na neyó glaza: oná otoshlá, múchas` liubopy`tstvom i volnúemaia chúvstvom, dlia neyó sovershénno nóvy`m.

S togó vrémeni ne prohodílo dnia, chtob molodói` chelovék, v izvéstny`i` chas, ne iavliálsia pod óknami ikh dóma. Mézhdu im i éiu uchredílis` neuslóvlenny`e snoshéniia. Sídia na svoyóm méste za rabótoi`, oná chúvstvovala egó priblizhénie, – pody`mála gólovu, smotréla na negó s kazhdy`m dnyom dólee i dólee. Molodói` chelovék, kazálos`, by`l za to ei` blagodáren: oná vídela óstry`m vzórom mólodosti, kak by`stry`i` rumiánets pokry`vál egó blédny`e shchyóki vsiákii` raz, kogdá vzóry` ikh vstrechális`. Cherez nedéliu oná emú uly`bnúlas`…

After dinner she went to the window with a certain feeling of uneasiness, but the officer was no longer there–and she thought no more about him…

A couple of days afterwards, just as she was stepping into the carriage with the Countess, she saw him again. He was standing close to the porch, with his face concealed by his beaver collar, his dark eyes sparkled beneath his hat. Lizaveta Ivanovna felt alarmed, though she knew not why, and she inexplicably trembled as she seated herself in the carriage.

On returning home, she hastened to the window–the officer was standing in the same place, with his eyes fixed upon her. She drew back, a prey to curiosity and agitated by a feeling which was quite new to her.

From that time forward not a day passed without the young man making his appearance under the windows of their house at the customary hour, and between him and her there was established a sort of mute acquaintance. Sitting in her place at work, she used to feel his approach; and raising her head, she would look at him longer and longer each day. The young man seemed to be grateful to her: she saw with the sharp eye of youth, how a sudden flush covered his pale cheeks each time that their glances met. In a week she smiled at him…

Vocabulary

чу́вство	sense; feeling; sensation; sentiment; emotion; love; affection
чу́вствовать; почу́вствовать	feel; sense; perceive; experience; to be sensible of; be conscious of
чувстви́тельный, чувстви́тельная	sensitive; sentimental; sensible; biting; grievous; susceptible; feeling; delicate; tender; sore; impressionable
чувстви́тельность	sensibility; response; delicacy; sensitivity; emotionalism; sentimentality; tenderness
чу́вственный, чу́вственная	sensuous; sensual; voluptuous; carnal; erotic
чу́вственность	eroticism; sexuality; sensuality; voluptuousness
забы́ть, забыва́ть	forget; leave behind; lose; lose sight of; put out of mind; get out of mind
забы́вчивость	oblivion; absence of mind; forgetfullness
забы́вчивый	forgetful; oblivious

Когда́ То́мский спроси́л позволе́ния предста́вить графи́не своего́ прия́теля, се́рдце бе́дной де́вушки заби́лось. Но узна́в, что Нару́мов не инжене́р, а конногвардее́ц, она́ сожале́ла, что нескро́мным вопро́сом вы́сказала свою́ та́йну ве́треному То́мскому.

Ге́рманн был сын обрусе́вшего не́мца, оста́вившего ему́ ма́ленький капита́л. Бу́дучи твёрдо убеждён в необходи́мости упро́чить свою́ незави́симость, Ге́рманн не каса́лся и проце́нтов, жил одни́м жа́лованьем, не позволя́л себе́ мале́йшей при́хоти. Впро́чем, он был скры́тен и честолюби́в, и това́рищи его́ ре́дко име́ли слу́чай посмея́ться над его́ изли́шней бережли́востью. Он име́л си́льные стра́сти и о́гненное воображе́ние, но твёрдость спасла́ его́ от обыкнове́нных заблужде́ний мо́лодости. Так, наприме́р, бу́дучи в душе́ игро́к, никогда́ не брал он ка́рты в ру́ки, и́бо рассчита́л, что его́ состоя́ние не позволя́ло ему́ (как ска́зывал он) же́ртвовать необходи́мым в наде́жде приобрести́ изли́шнее, — а ме́жду тем це́лые но́чи проси́живал за ка́рточными стола́ми и сле́довал с лихора́дочным тре́петом за разли́чными оборо́тами игры́.

Анекдо́т о трёх ка́ртах си́льно поде́йствовал на его́ воображе́ние и це́лую ночь не выходи́л из его́ головы́. "Что, е́сли, — ду́мал он на друго́й день ве́чером, бродя́ по Петербу́ргу, — что, е́сли ста́рая графи́ня

Kogdá Tomskii` sprosíl pozvoléniia predstávit` grafine svoegó priiátelia, sérdtse bédnoi` dévushki zabílos`. No uznáv, shto Narúmov ne inzhenér, a konnogvardéets, oná sozhaléla, shto neskrómny`m voprósom vy`skazala svoiú taí`nu vétrenomu Tómskomu.

Gérmann by`l sy`n obrusévshego némtsa, ostávivshego emú málen`kii` kapitál. Búduchi tvyórdo ubezhdyón v neobhodímosti uprochit` svoiú nezavísimost`, Gérmann ne kasálsia i protséntov, zhil odním zhálovan`em, ne pozvoliál sebé maléi`shei` príhoti. Vpróchem, on by`l skry`ten i chestoliubív, i továrishchi egó rédko iméli slúchai` posmeiát`sia nad egó izlíshnei` berezhlívost`iu. On imél síl`ny`e strásti i ógnennoe voobrazhénie, no tvérdost` spaslá egó ot oby`knovénny`kh zabluzhdénii` mólodosti. Tak, naprimér, búduchi v dushé igrók, nikogdá ne bral on kárty` v rúki, íbo rasschitál, shto egó sostoiánie ne pozvoliálo emú (kak skázy`val on) zhértvovat` neobhodímy`m v nadézhde priobrestí izlíshnee, — a mézhdu tem tsély`e nóchi prosízhival za kártochny`mi stolámi i slédoval s lihoradochny`m trépetom za razlíchny`mi oborótami igry`.

Anekdót o tryokh kártakh síl`no podéi`stvoval na egó voobrazhénie i tséluiu noch` ne vy`hodíl iz egó golovy`. "Shto, ésli, — dúmal on na drugói` den` vécherom, brodiá po Peterbúrgu, — shto, ésli stáraia grafinia otkróet

When Tomsky asked permission of the Countess to present one of his friends to her, the poor girl's heart beat violently. But hearing that Narumov was not an engineer but a cavalry guardsman, she regretted that by her thoughtless question, she had betrayed her secret to the volatile Tomsky.

Hermann was the son of a Russified German, who had left him a small capital. Being firmly convinced of the necessity of ensuring his independence, Hermann did not touch even the interest earned on his capital, lived on his salary alone, without allowing himself the slightest luxury. Moreover, he was reserved and ambitious, and his companions rarely had an opportunity of making merry at the expense of his excessive parsimony. He had strong passions and an ardent imagination, but his firmness of disposition preserved him from the ordinary errors of youth. Thus, though a gambler at heart, he never touched a card, for he considered his financial condition did not allow him—as he said—to risk the necessary in the hope of winning the superfluous, yet he would sit for nights together at the card table and follow with feverish anxiety the different turns of the game.

The story of the three cards had produced a powerful impression upon his imagination, and all night long he could think of nothing else. "What if," he thought the following evening, wandering through St. Petersburg, "what

Vocabulary

позволе́ние	permission; leave; allowance; consent; courtesy; favour; permit
позволи́тельный, позволи́тельная	permissible; allowable; justifiable; excusable
позво́лить, позволя́ть	let; allow; admit; consent; permit; accept; afford; assume; enable; suppose; tolerate; make possible; give the nod to
се́рдце	heart; temper; darling; love; sweetheart; bosom; core; ticker; soul; breast
серде́чный, серде́чная	heart; hearty; intimate; dear; genial; cordial; kind; home-felt; cardiac; warm; heartful; open-armed; heart-to-heart; kind-hearted; heartfelt
серде́чник	core; mandrel
серде́чник, серде́чница	cardiac patient
сердцее́д	lady killer; smoothie; womanizer; heartthrob

откроет мне свою тайну! – или назначит мне эти три верные карты! Почему ж не попробовать своего счастия?.. Представиться ей, подбиться в её милость, – пожалуй, сделаться её любовником, – но на это всё требуется время – а ей восемьдесят семь лет, – она может умереть через неделю, – через два дня!.. Да и самый анекдот?.. Можно ли ему верить?.. Нет! расчёт, умеренность и трудолюбие: вот мои три верные карты, вот что утроит, усемерит мой капитал и доставит мне покой и независимость!"

Рассуждая таким образом, очутился он в одной из главных улиц Петербурга, перед домом старинной архитектуры. Улица была заставлена экипажами, кареты одна за другою катились к освещённому подъезду. Из карет поминутно вытягивались то стройная нога молодой красавицы, то гремучая ботфорта, то полосатый чулок и дипломатический башмак. Шубы и плащи мелькали мимо величавого швейцара. Германн остановился.

– Чей это дом? – спросил он у углового будочника.

– Графини ***, – отвечал будочник.

Германн затрепетал. Удивительный анекдот снова представился его воображению. Он стал ходить около дома, думая об его хозяйке

mne svoiu taínu! – íli naznáchit mne éti tri vérny`e kárty`! Pochemú zh ne popróbovat` svoegó schástiia?.. Predstávit`sia ei`, podbít`sia v eyó mílost`, – pozhálui`, sdélat`sia eyó liubóvnikom, – no na éto vsyo trébuetsia vrémia – a ei` vósem`desiat sem` let, – oná mózhet umerét` cherez nedéliu, – cherez dva dnia!.. Da i sámy`i` anekdót?.. Mózhno li emú vérit`?.. Net! raschyót, umérennost` i trudoliúbie: vot moí tri vérny`e kárty`, vot shto utróit, usemerít moí` kapitál i dostávit mne pokói` i nezavísimost`!"

Rassuzhdáia takím óbrazom, ochutílsia on v odnói` iz glávny`kh úlits Peterbúrga, péred dómom starínnoi` arhitektúry`. Úlitsa by`lá zastávlena e`kipázhami, karéty` odná za drugóiu katílis` k osveshchyónnomu pod``ézdu. Iz karét pominútno vy`tiágivalis` to stroí`naia nogá molodói` krasávitsy`, to gremúchaia botfórta, to polosáty`i` chulók i diplomatícheskii` bashmák. Shúby` i plashchí mel`káli mímo velicha'vogo shvei`tsára. Gérmann ostanovílsia.

– Chei` éto dom? – sprosíl on u uglovógo búdochnika.

– Grafíni ***, – otvechál búdochnik.

Gérmann zatrepetál. Udivítel`ny`i` anekdót snóva predstávilsia egó voobrazhéniiu. On stal hodít` ókolo dóma, dúmaia ob egó hoziái`ke i

if the old Countess would reveal her secret to me! what if she would tell me the three winning cards! Why should I not try my fortune?.. Introduce oneself to her, win her favour–perhaps become her lover–but all that needs time, and she is eighty-seven years old: she might be dead in a week, in two days!.. And the story itself?.. Can it be believed?.. No! Economy, temperance and diligence: those are my three winning cards; that is what will increase my capital threefold, sevenfold, and procure for myself peace and independence!"

Musing in this manner, he found himself in one of the principal streets of St. Petersburg, in front of a house of antiquated architecture. The street was blocked with equipages; carriages one after the other drew up in front of the illuminated porch. At one moment there stepped out of a carriage the well-shaped leg of some young beauty, at another the rattling jackboot, and then the striped stocking and diplomatic shoe. Fur coats and cloaks flashed by the majestic porter. Hermann stopped.

"Who's house is this?" he asked of the watchman at the corner.

"The Countess ***'s," replied the watchman.

Hermann trembled. The astonishing story again presented itself to his imagination. He began walking up and down before the house, thinking

Vocabulary

назначать, назначить	appoint; designate; fix; settle; destine; assign; prescribe; allocate; attach; nominate
назначение	assignment; prescription; allocation; appropriation; purpose; use; role; destination; designation; nomination; order; duty; billet; allotment; mission; function
назначенец	appointee
верный, верная	faithful; true; loyal; right; correct; accurate; exact; safe; sure; reliable; inevitable; certain; infallible; loving; secure; stalwart; steady
верность	faith; fidelity; loyalty; correctness; accuracy
попробовать, пробовать	attempt; prove; sample; take a shot; give it a try; have a go; try out
проба	trial; test; sample; standard; hallmark; essay; alloy; audition; attempt; taste; approbation; feeler; fineness; sampling; touch; try

и о чу́дной её спосо́бности. По́здно вороти́лся он в смире́нный свой уголо́к; до́лго не мог засну́ть, и, когда́ сон им овладе́л, ему́ пригре́зились ка́рты, зелёный стол, ки́пы ассигна́ций и гру́ды черво́нцев. Он ста́вил ка́рту за ка́ртой, гнул углы́ реши́тельно, выи́грывал беспреста́нно, и загреба́л к себе́ зо́лото, и клал ассигна́ции в карма́н. Просну́вшись уже́ по́здно, он вздохну́л о поте́ре своего́ фантасти́ческого бога́тства, пошёл опя́ть броди́ть по го́роду и опя́ть очути́лся пе́ред до́мом графи́ни ***. Неве́домая си́ла, каза́лось, привлека́ла его́ к нему́. Он останови́лся и стал смотре́ть на о́кна. В одно́м уви́дел он черноволо́сую голо́вку, наклонённую, вероя́тно, над кни́гой и́ли над рабо́той. Голо́вка приподня́лась. Ге́рманн уви́дел све́жее ли́чико и чёрные глаза́. Эта мину́та реши́ла его́ у́часть.

III

Vous m'écrivez, mon ange, des lettres de quatre pages
plus vite que je ne puis les lire.
Переписка.

---

o chúdnoi̇̀ eyó sposóbnosti. Pózdno vorotílsia on v smirénnẏ̀i̇̀ svoi̇̀ ugolók; dólgo ne mog zasnut̀, i, kogdá son im ovladél, emú prigrézilis̀ kártỳ, zelyónẏ̀i̇̀ stol, kípỳ assignátsii̇̀ i grúdỳ chervóntsev. On stávil kártu za kártoi̇̀, gnul uglý reshítel̀no, vẏ̀i̇́grỳval besprestánno, i zagrebál k sebé zóloto, i clal assignátsii v karmán. Prosnúvshis̀ uzhé pózdno, on vzdokhnúl o potére svoegó fantastícheskogo bogátstva, poshól opiát̀ brodít̀ po górodu i opiát̀ ochutílsia péred dómom grafíni ***. Nevédomaia síla, kazálos̀, privlekála egó k nemú. On ostanovílsia i stal smotrét̀ na ókna. V odnóm uvídel on chernovolósuiu golóvku, naclonyónnuiu, veroiátno, nad knígoi̇̀ íli nad rabótoi̇̀. Golóvka pripodnialás̀. Gérmann uvídel svézhee líchiko i chyórnỳe glazá. Ė́ta minúta reshíla egó úchast̀.

III

Vous m'écrivez, mon ange, des lettres de quatre pages
plus vite que je ne puis les lire.
Perepíska.

of its owner and her fabulous gift. Returning late to his humble lodging, he could not go to sleep for a long time, and when at last he did doze off, he could dream of nothing but cards, green tables, piles of banknotes and heaps of ten-rouble coins. He played one card after the other, doubled without hesitation, winning uninterruptedly, and then he gathered up the gold and filled his pockets with the notes. When he woke up late, he sighed over the loss of his fantastic wealth, and then sallying out into the town, he found himself once more in front of the Countess ***'s residence. Some unknown power seemed to have attracted him to it. He stopped and looked up at the windows. At one of these he saw a petite head with black hair, which was bent down probably over some book or work. The petite head was raised. Hermann saw a fresh face and black eyes. That moment decided his fate.

III

"You, my angel, write me four-page letters
faster than I can read them."
A Correspondence.

Vocabulary

чу́дный, чу́дная, чуде́сный, чуде́сная	wonderful; lovely; miraculous; fabulous; glorious
чу́до	miracle; marvel; wonder; prodigy; wonderwork
чуда́к, чуда́чка, чуди́ло, чу́дик	crank; eccentric; odd fish; original; queer fish; nut; nutcase; oddball
чуди́ть, начуди́ть	behave in a queer way; behave eccentrically
спосо́бность	capability; capacity; facility; aptitude; aptness; talent; gift; flair; faculty; competence; efficiency; power; quality; potential
спосо́бный, спосо́бная	able; talented; clever; capable; apt; gifted; brainy; bright; dexterous; sound; useful; able-minded
спосо́бствовать, поспосо́бствовать	promote; further; aid; encourage; favour; make; contribute; conduce; facilitate; forward; minister; support; be instrumental; bring along
спо́соб	method; means; manner; way; device; approach; medium; mode

Только Лизавета Ивановна успела снять капот и шляпу, как уже графиня послала за нею и велела опять подавать карету. Они пошли садиться. В то самое время, как два лакея приподняли старуху и просунули в дверцы, Лизавета Ивановна у самого колеса увидела своего инженера; он схватил её руку; она не могла опомниться от испугу, молодой человек исчез: письмо осталось в её руке. Она спрятала его за перчатку и во всю дорогу ничего не слыхала и не видала. Графиня имела обыкновение поминутно делать в карете вопросы: кто это с нами встретился? – как зовут этот мост? – что там написано на вывеске? Лизавета Ивановна на сей раз отвечала наобум и невпопад и рассердила графиню.

– Что с тобою сделалось, мать моя! Столбняк ли на тебя нашёл, что ли? Ты меня или не слышишь или не понимаешь?.. Слава богу, я не картавлю и из ума ещё не выжила!

Лизавета Ивановна её не слушала. Возвратясь домой, она побежала в свою комнату, вынула из-за перчатки письмо: оно было не запечатано. Лизавета Ивановна его прочитала. Письмо содержало в себе призна-

---

Tol`ko Lizaveta Ivanovna uspela sniat` kapot i shliapu, kak uzhe grafinia poslala za neiu i velela opiat` podavat` karetu. Oni poshli sadit`sia. V to samoe vremia, kak dva lakeia pripodniali staruhu i prosunuli v dvertsy`, Lizaveta Ivanovna u samogo kolesa uvidela svoego inzhenera; on skhvatil eyo ruku; ona ne mogla opomnit`sia ot ispugu, molodoi` chelovek ischez: pis`mo ostalos` v eyo ruke. Ona spriatala ego za perchatku i vo vsiu dorogu nichego` ne slyhala i ne vidala. Grafinia imela oby`knovenie pominutno delat` v karete voprosy`: kto e`to s nami vstretilsia? – kak zovut e`tot most? – shto tam napisano na vy`veske? Lizaveta Ivanovna na sei` raz otvechala naobum i nevpopad i rasserdila grafiniu.

– Shto s toboiu sdelalos`, mat` moia! Stolbniak li na tebia nashol, shto li? Ty` menia i`li ne sly`shish` i`li ne ponimaesh`?.. Slava bogu, ia ne kartavliu i iz uma eshchyo ne vy`zhila!

Lizaveta Ivanovna eyo ne slushala. Vozvratias` domoi`, ona pobezhala v svoiu komnatu, vy`nula iz-za perchatki pis`mo: ono by`lo ne zapechatano. Lizaveta Ivanovna ego prochitala. Pis`mo soderzhalo v sebe priznanie v

Lizaveta Ivanovna had scarcely taken off her hat and cloak, when the Countess sent for her and again ordered her to get the carriage ready. They went out to take their seats. Just at the moment when two footmen were lifting the old lady and shoving her through the carriage doors, Lizaveta Ivanovna saw her Engineer standing close beside the wheel; he grasped her hand; alarm caused her to lose her presence of mind, and the young man disappeared–a letter remained in her hand. She concealed it in her glove, and during the whole of the drive she neither saw nor heard anything. It was the custom of the Countess, when out for an airing in her carriage, to be constantly asking such questions as: "Who was that person that met us just now? What is the name of this bridge? What is written on that signboard?" On this occasion, however, Lizaveta Ivanovna returned such vague and absurd answers, that the Countess became angry with her.

"What is the matter with you, my dear? Have you taken leave of your senses, or what is it? Do you not hear me or understand what I say?.. Heaven be thanked, I am still in my right mind and speak plainly enough!"

Lizaveta Ivanovna did not hear her. On returning home she ran to her room, and drew the letter out of her glove: it was not sealed. Lizaveta Ivanovna read it. The letter contained a declaration of love; it was tender, respectful,

Vocabulary

снять, снима́ть	take; remove; discard; dismiss; withdraw; cut; rent; reap; strike off; deprive; release; photograph; dismantle; dismount; divest; gather; lift; pick up; skim; strip; get off; lay off; pull off; take down; take a photograph; take a picture
съёмка	survey; shooting; removal
посла́ть, посыла́ть	send; dispatch; transmit; forward; refer to
посы́лка	dispatch; sending; package; parcel; expedition; forwarding; delivery; rationale; assumption
посы́льный	office boy; bellhop; bell attendant; errand boy; express messenger
посла́ние	message; pastoral; letter; missive; epistle
посла́нник	envoy; messenger; minister; delegate; missionary; legate; emissary
посо́л	ambassador; embassador
посо́льство	embassy; legation

ние в любви: оно́ бы́ло не́жно, почти́тельно и сло́во в сло́во взя́то из неме́цкого рома́на. Но Лизаве́та Ива́новна по-неме́цки не уме́ла и была́ о́чень им дово́льна.

Одна́ко при́нятое е́ю письмо́ беспоко́ило её чрезвыча́йно. Впервы́е входи́ла она́ в та́йные, те́сные сноше́ния с молоды́м мужчи́ною. Его́ де́рзость ужаса́ла её. Она́ упрека́ла себя́ в неосторо́жном поведе́нии и не зна́ла, что де́лать: переста́ть ли сиде́ть у око́шка и невнима́нием охлади́ть в молодо́м офице́ре охо́ту к да́льне́й́шим пресле́дованиям? – отосла́ть ли ему́ письмо́? – отвеча́ть ли хо́лодно и реши́тельно? Ей не с кем бы́ло посове́товаться, у ней не́ бы́ло ни подру́ги, ни наста́вницы. Лизаве́та Ива́новна реши́лась отвеча́ть.

Она́ се́ла за пи́сьменный сто́лик, взяла́ перо́, бума́гу – и заду́малась. Не́сколько раз начина́ла она́ своё письмо́, – и рвала́ его́: то выраже́ния каза́лись ей сли́шком снисходи́тельными, то сли́шком жесто́кими. Наконе́ц ей удало́сь написа́ть не́сколько строк, кото́рыми она́ оста́лась дово́льна. "Я уве́рена, – писа́ла она́, – что вы име́ете че́стные наме́рения и что вы не хоте́ли оскорби́ть меня́ необду́манным посту́пком; но знако́мство на́ше не должно́ бы нача́ться таки́м о́бразом. Возвраща́ю

liubví: onó bý̀lo nézhno, pochtí́tel`no i slóvo v slóvo vziáto iz nemétskogo romána. No Lizavéta Ivánovna po-nemétski ne uméla i bý̀la óchen` im dovól`na.

Odnáko prí́niatoe é́iu pis`mó bespokóilo eyó chrezvỳchá́i`no. Vpervý̀e vhodí́la oná v tá́i`nỳe, tésnỳe snoshéniia s molodý̀m muzhchí́noiu. Egó dérzost` uzhasála eyó. Oná upreká́la sebiá v neostoró́zhnom povedénii i ne zná́la, shto déla̍t`: peresta̍t` li sidét` u okóshka i nevnimániem okhladí́t` v molodóm ofitsére ohótu k dal`né́i`shim presledovaniiam? – otosla̍t` li emú pis`mó? – otvechá́t` li hólodno i reshí́tel`no? Ei` ne s kem bý̀lo posové́tovat`sia, u nei` né̀ bỳlo ni podrúgi, ni nastá́vnitsỳ. Lizavéta Ivánovna reshí́las` otvechá́t`.

Oná sé́la za pí́s`mennỳ`i` stó́lik, vziala̍ peró, bumágu – i zadúmalas`. Né́skol`ko raz nachiná́la oná svoyó pis`mó, – i rvala̍ egó: to vỳrazhéniia kazá́lis` ei` slí́shkom snishodí́tel`nỳ`mi, to slí́shkom zhestó́kimi. Nakoné́ts ei` udalós` napisa̍t` né́skol`ko strok, kotó́rỳmi oná ostá́las` dovól`na. "Ya uvé́rena, – pisá́la oná, – shto vý̀ imé́ete chéstnỳe naméreniia i shto vý̀ ne hoté́li oskorbí́t` meniá neobdúmannỳ`m postúpkom; no znakómstvo náshe ne dolzhnó bý̀` nachá́t`sia takí́m ó́brazom. Vozvrashchá́iu vam

and copied word for word from a German novel. But Lizaveta Ivanovna did not know anything of the German language, and she was quite delighted.

For all that, the letter caused her to feel exceedingly uneasy. For the first time in her life she was entering into secret and close relations with a young man. His boldness terrified her. She reproached herself for her imprudent behaviour, and knew not what to do. Should she cease to sit at the window and, by assuming an appearance of indifference towards him, put a check upon the young officer's desire to pursue her further? Should she send his letter back to him, or should she answer him in a cold and decided manner? There was nobody to whom she could turn for advice, for she had neither female friend nor mentor. Lizaveta Ivanovna resolved to reply to him.

She sat down at her little writing-table, took pen and paper, and began to think. Several times she began her letter, and then tore it up: the way she had expressed herself seemed to her either too indulgent or too cruel. At last she succeeded in writing a few lines with which she felt satisfied. "I am convinced," she wrote, "that your intentions are honourable, and that you do not wish to offend me by any imprudent behaviour, but our acquaintance

Vocabulary

любо́вь	love; affection; fondness
люби́ть	love; like; be fond of; fall in love with; care for; fancy; enjoy; have a kindness; care; be attached to; be fond of; be in love
люби́мый, люби́мая	beloved; darling; sweet
влюби́ться, влюбля́ться	fall in love; be in the suction; be mashed on; be soft on; be stuck on; lose heart to
влюблённость	heart-throb; crush
влюблённый, влюблённая	amorous; enamored; passionate; smitten
влю́бчивый, влю́бчивая	amorous; amative; susceptible; fickle
не́жный, не́жная	tender; fond; delicate; soft; sentimental; affectionate; gentle; devoted; loving; melodious
не́жность	tenderness; fondness; civility; delicacy; subtlety; melodiousness; dearness; endearment; softness

вам письмо́ ва́ше и наде́юсь, что не бу́ду впредь име́ть причи́ны жа́ло-
ваться на незаслуженное неуваже́ние".

На друго́й день, уви́дя иду́щего Ге́рманна, Лизаве́та Ива́новна вста́-
ла из-за пя́льцев, вы́шла в за́лу, отвори́ла фо́рточку и бро́сила письмо́
на у́лицу, наде́ясь на прово́рство молодо́го офице́ра. Ге́рманн подбе-
жа́л, по́днял его́ и вошёл в конди́терскую ла́вку. Сорва́в печа́ть, он нашёл своё письмо́ и отве́т Лизаве́ты Ива́новны. Он того́ и ожида́л и
возврати́лся домо́й, о́чень за́нятый свое́й интри́гою.

Три дня по́сле того́ Лизаве́те Ива́новне моло́денькая, быстрогла́зая
мамзе́ль принесла́ запи́сочку из мо́дной ла́вки. Лизаве́та Ива́новна от-
кры́ла её с беспоко́йством, предви́дя де́нежные тре́бования, и вдруг
узна́ла ру́ку Ге́рманна.

— Вы, ду́шенька, оши́блись, — сказа́ла она́, — э́та запи́ска не ко мне.

— Нет, то́чно к вам! — отвеча́ла сме́лая де́вушка, не скрыва́я лука́вой
улы́бки. — Изво́льте прочита́ть!

Лизаве́та Ива́новна пробежа́ла запи́ску. Ге́рманн тре́бовал свида́-
ния.

---

pis`mó váshe i nadéius`, shto ne búdu vpred` imét` prichíny` zhálovat`sia
na nezaslúzhennoe neuvazhénie".

Na drugói` den`, uvídia idúshchego Gérmanna, Lizavéta Ivánovna vstála
iz-zá piál`tsev, výshla v zálu, otvoríla fórtochku i brósila pis`mó na úlitsu,
nadéias` na provórstvo molodógo ofitséra. Gérmann podbezhál, pódnial
egó i voshól v kondíterskuiu lávku. Sorváv pechát`, on nashól svoyó pis`mó
i otvét Lizavéty` Ivánovny`. On togó i ozhidál i vozvratílsia domói`, óchen`
zániaty`i` svoéi` intrígoiu.

Tri dnia pósle togó Lizavéte Ivánovne molóden`kaia, by`stroglázaia
mamzél` prineslá zapísochku iz módnoi` lávki. Lizavéta Ivánovna otkrýla
eyó s bespokói`stvom, predvídia dénezhny`e trébovaniia, i vdrug uznála
rúku Gérmanna.

— Vy`, dúshen`ka, oshíblis`, — skazála oná, — éta zapíska ne ko mne.

— Net, tóchno k vam! — otvechála smélaia dévushka, ne skry`váia lukávoi`
ulýbki. — Izvól`te prochitát`!

Lizavéta Ivánovna probezhála zapísku. Gérmann tréboval svidániia.

must not begin in such a manner. I return you your letter, and I hope that I shall never have any cause to complain of undeserved disrespect."

The next day, seeing Hermann walking down the street, Lizaveta Ivanovna rose from her embroidery frame, went into the drawing-room, opened the small window and threw the letter into the street, relying on the young officer's quickness. Hermann hastened forward, picked it up and then repaired to a confectioner's shop. Breaking the seal of the envelope, he found inside it his own letter and Lizaveta Ivanovna's reply. He had expected this, and he returned home, his mind deeply occupied with his intrigue.

Three days afterwards, a bright-eyed young girl from a milliner's establishment brought Lizaveta Ivanovna a note. Lizaveta Ivanovna opened it with great uneasiness, fearing that it was a demand for money, when suddenly she recognised Hermann's hand-writing.

"You have made a mistake, my dear," she said: "this note is not for me."

"Oh, yes, it is for you!" replied the bold girl, without concealing a sly smile. "Have the goodness to read it!"

Lizaveta Ivanovna ran her eye over the note. Hermann requested a rendezvous.

Vocabulary

письмо́	letter; writing; message; character; script
пи́сьменный, пи́сьменная	in writing; written; letter; writing; scriptory
пи́сьменность	script; writing; written language
письмена́	characters; writings
письмо́вник	letter writer; letter book
письмоводи́тель	writer; clerk; correspondence clerk
наде́яться, понаде́яться	hope; expect; trust; plan; ween; bargain; depend; recline; rely; have reliance in
наде́жда	hope; expectation; expectancy; reliance; resort; trust; hopefulness; promise
впредь	henceforth; in future; forth; forward; henceforward; from now on; for the future
причи́на	cause; account; source; occasion; principle; ground; bottom; reason
причини́ть	incur; afflict; bring; cause; inflict; occasion

– Не мо́жет быть! – сказа́ла Лизаве́та Ива́новна, испуга́вшись и по-спе́шности тре́бований и спо́собу, им употреблённому. – Э́то пи́сано ве́рно не ко мне! – И разорвала́ письмо́ в ме́лкие кусо́чки.

– Ко́ли письмо́ не к вам, заче́м же вы его́ разорва́ли? – сказа́ла мам-зе́ль, – я бы возврати́ла его́ тому́, кто его́ посла́л.

– Пожа́луйста, ду́шенька! – сказа́ла Лизаве́та Ива́новна, вспы́хнув от её замеча́ния, – вперёд ко мне запи́сок не носи́те. А тому́, кто вас посла́л, скажи́те, что ему́ должно́ быть сты́дно…

Но Ге́рманн не уня́лся. Лизаве́та Ива́новна ка́ждый день получа́ла от него́ пи́сьма, то тем, то други́м о́бразом. Они́ уже́ не бы́ли переведены́ с неме́цкого. Ге́рманн их писа́л, вдохновённый стра́стию, и говори́л языко́м, ему́ сво́йственным: в них выража́лись и непрекло́нность его́ жела́ний, и беспоря́док необу́зданного воображе́ния. Лизаве́та Ива́нов-на уже́ не ду́мала их отсыла́ть: она́ упива́лась и́ми; ста́ла на них отвеча́ть, – и её запи́ски час от ча́су станови́лись длинне́е и нежне́е. Наконе́ц, она́ бро́сила ему́ в око́шко сле́дующее письмо́:

"Сего́дня бал у ***ского посла́нника. Графи́ня там бу́дет. Мы оста́нем-ся часо́в до двух. Вот вам слу́чай уви́деть меня́ наедине́. Как ско́ро гра-

---

– Ne mózhet by`t`! – skazála Lizavéta Ivanovna, ispugávshis` i pospéshnosti tré`bovanii` i spósobu, im upotreblyónnomu. – E`to písano vérno ne ko mne! – I razorvala pis`mó v mélkie kusóchki.

– Kóli pis`mó ne k vam, zachém zhe vy` egó razorváli? – skazála mamzé`l`, – ia by` vozvratíla egó tomú, kto egó poslál.

– Pozhálui`sta, dúshen`ka! – skazála Lizavéta Ivanovna, vspy`khnuv ot eyó zamechániia, – vperyód ko mne zapísok ne nosíte. A tomú, kto vas poslál, skazhíte, shto emú dolzhnó by`t` sty`dno…

No Ge`rmann ne unialsia. Lizavéta Ivanovna kázhdy`i` den` poluchála ot negó pís`ma, to tem, to drugím óbrazom. Oní uzhé ne by`li perevedeny` s nemétskogo. Ge`rmann ikh pisál, vdokhnovénny`i` strástiiu, i govoríl iazy`kóm, emú svoí`stvenny`m: v nikh vy`razhális` i nepreklónnost` egó zhelánii`, i besporiádok neobúzdannogo voobrazhéniia. Lizavéta Ivanovna uzhé ne dúmala ikh otsy`lát`: oná upiválas` ími; stála na nikh otvechát`, – i eyó zapíski chas ot chásu stanovílis` dlinnée i nezhnée. Nakonéts, oná brósila emú v okóshko sléduiushchee pis`mó:

"Segódnia bal u ***skogo poslánnika. Grafínia tam búdet. My` ostánemsia chasóv do dvukh. Vot vam slúchai` uvídet` meniá naedíne. Kak skóro

"It cannot be!" said Lizaveta Ivanovna, alarmed at the speed of the request, and the manner in which it was made. "This note is certainly not for me!" And she tore the letter into small fragments.

"If the letter was not for you, why have you torn it up?" said the girl. "I should have given it back to the person who sent it."

"Be good enough, my dear!" said Lizaveta Ivanovna, disconcerted by this remark, "not to bring me any more notes for the future, and tell the person who sent you that he ought to be ashamed..."

But Hermann persisted. Every day Lizaveta Ivanovna received from him a letter, sent now in this way, now in that. They were no longer translated from the German. Hermann wrote them under the inspiration of passion, and spoke in his own language, and they bore full testimony to the inflexibility of his desire and the disordered condition of his uncontrollable imagination. Lizaveta Ivanovna no longer thought of sending them back to him: she became intoxicated with them and began to reply to them, and little by little her answers became longer and more affectionate. At last she threw out of the window to him the following letter:

"This evening there is going to be a ball at the *** ambassador's residence. The Countess will be there. We shall remain until two o'clock. You have

Vocabulary

сказа́ть, говори́ть	tell; observe; put; say; speak
сказ	narration; tale
скази́тель, скази́тельница	narrator of folk tales; storyteller
ска́зка	fairy tale; tale; fib
ска́зочник, ска́зочница	fantasist; storyteller; writer of fairy tales
ска́зочный, ска́зочная	fabulous; fantastic; fairy; dreamy; fab; dreamlike; fairytale; storybook; fabled
пуга́ться, испуга́ться	be afraid; lose courage; get the wind-up; have the wind-up; be scared by; get a fright; get a scare; have a fright; take fright
пуга́ть, испуга́ть	frighten; scare; affright; make afraid; intimidate; dismay; startle; spook; alarm
пуга́ч	popgun
испу́г	fright; consternation; dismay; startle; boggle

фи́ня уе́дет, её лю́ди, вероя́тно, разойду́тся, в сеня́х оста́нется швейца́р, но и он обыкнове́нно ухо́дит в свою́ камо́рку. Приходи́те в полови́не двена́дцатого. Ступа́йте пря́мо на ле́стницу. Ко́ли вы найдёте кого́ в пере́дней, то вы спро́сите, до́ма ли графи́ня. Вам ска́жут нет, – и де́лать не́чего. Вы должны́ бу́дете вороти́ться. Но, вероя́тно, вы не встре́тите никого́. Де́вушки сидя́т у себя́, все в одно́й ко́мнате. Из пере́дней ступа́йте нале́во, иди́те всё пря́мо до графи́ниной спа́льни. В спа́льне за ши́рмами уви́дите две ма́ленькие две́ри: спра́ва в кабине́т, куда́ графи́ня никогда́ не вхо́дит; сле́ва в коридо́р, и тут же у́зенькая вита́я ле́стница: она́ ведёт в мою́ ко́мнату".

Ге́рманн трепета́л, как тигр, ожида́я назна́ченного вре́мени. В де́сять часо́в ве́чера он уж стоя́л пе́ред до́мом графи́ни. Пого́да была́ ужа́сная: ве́тер выл, мо́крый снег па́дал хло́пьями; фонари́ свети́лись ту́скло; у́лицы бы́ли пусты́. И́зредка тяну́лся Ва́нька на то́щей кля́че свое́й, высма́тривая запозда́лого седока́. – Ге́рманн стоя́л в одно́м сертуке́, не чу́вствуя ни ве́тра, ни сне́га. Наконе́ц графи́нину каре́ту по́дали. Ге́рманн

---

grafinia ue´det, eyo´ liu´di, veroia´tno, razoi`du´tsia, v senia´kh osta´netsia shvei`tsa´r, no i on oby`knove´nno uho´dit v svoiu´ kamo´rku. Prihodi´te v polovi´ne dvena´dtsatogo. Stupa´i`te pria´mo na le´stnitsu. Ko´li vy` nai`dyo´te kogo´ v pere´dnei`, to vy` spro´site, do´ma li grafinia. Vam ska´zhut net, – i de´lat` ne´chego. Vy` dolzhny´ bu´dete voroti´t`sia. No, veroia´tno, vy` ne vstre´tite nikogo´. De´vushki sidia´t u sebia´, vse v odno´i` ko´mnate. Iz pere´dnei` stupa´i`te nale´vo, idi´te vsyo pria´mo do grafi´nnoi` spa´l`ni. V spa´l`ne za shi´rmami uvi´dite dve ma´len`kie dve´ri: spra´va v kabine´t, kuda´ grafinia nikogda´ ne vho´dit; sle´va v korido´r, i tut zhe u´zen`kaia vita´ia le´stnitsa: ona´ vedyo´t v moiu´ ko´mnatu".

Ge´rmann trepeta´l, kak tigr, ozhida´ia nazna´chennogo vre´meni. V de´siat` chaso´v ve´chera on uzh stoia´l pe´red do´mom grafini. Pogo´da by`la´ uzha´snaia: ve´ter vy`l, mo´kry`i` sneg pa´dal khlo´p`iami; fonari´ sveti´lis` tu´sclo; u´litsy by`li pusty´. I´zredka tianu´lsia Van`ka na to´shchei` clia´che svoe´i`, vy`sma´trivaia zapozda´logo sedoka´. – Ge´rmann stoia´l v odno´m sertuke´, ne chu´vstvuia ni ve´tra, ni sne´ga. Nakone´ts grafi´ninu kare´tu po´dali. Germann

now an opportunity of seeing me alone. As soon as the Countess is gone, the servants will very probably go out, and there will be nobody left but the porter in the vestibule, but he usually goes off to his lodge. Come about half-past eleven. Walk straight upstairs. If you meet anybody in the ante-room, ask if the Countess is at home. You will be told 'No,' in which case there will be nothing left for you to do but to go away again. But it is most probable that you will meet nobody. The maidservants will all be together in one room. On leaving the ante-room, turn to the left, and walk straight on until you reach the Countess's bedroom. In the bedroom, behind a screen, you will find two small doors: the one on the right leads to a study, which the Countess never enters; the one on the left leads to a corridor, at the end of which is a little winding staircase; this leads to my room."

Hermann trembled like a tiger, as he waited for the appointed time. At ten o'clock in the evening he was already in front of the Countess's house. The weather was terrible; the wind howled; the sleety snow fell in large flakes; the lamps emitted a feeble light, the streets were deserted. From time to time a sledge, drawn by a sorry-looking hack, passed by, on the look-out for a belated passenger. Hermann stood there, dressed only in a frock-coat, and felt neither wind nor snow. At last the Countess's carriage drew up. Her-

Vocabulary

вероя́тно	likely; apparently; probably; doubtless; ought; I suppose so; very likely; feasibly
вероя́тный, вероя́тная	probable; likely; apt; believable; feasible; credible; liable; like; plausible; presumable
вероя́тность	probability; expectation; likelihood; chance; credibility; possibility; presumption; contingency; odds; verisimilitude; plausibility; potential
обыкнове́нно	mostly; habitually; ordinarily; usually; commonly; normally; regularly
обыкнове́нный, обыкнове́нная	ordinary; usual; habitual; plain; normal; unremarkable; commonplace; average
обыкнове́ние	habit; wont; practice; habitude; usage; use; habitualness; custom
пря́мо	straight; blankly; directly; downright
прямо́й, пряма́я	direct; straight; downright; outspoken; frank; through; right; straightforward

ви́дел, как лаке́и вы́несли под ру́ки сго́рбленную стару́ху, уку́танную в собо́лью шу́бу, и как восле́д за не́ю, в холо́дном плаще́, с голово́й, у́бранною све́жими цвета́ми, мелькну́ла её воспи́танница. Две́рцы за-хло́пнулись. Каре́та тяжело́ покати́лась по ры́хлому снегу. Швейца́р за́пер две́ри. О́кна поме́ркли. Ге́рманн стал ходи́ть о́коло опусте́вшего до́ма: он подошёл к фонарю́, взгляну́л на часы́, – бы́ло два́дцать мину́т двена́дцатого. Он оста́лся под фонарём, устреми́в глаза́ на часову́ю стре́лку и выжида́я остальны́е мину́ты. Ро́вно в полови́не двена́дцатого Ге́рманн ступи́л на графи́нино крыльцо́ и взошёл в я́рко освещённые се́ни. Швейца́ра не́ было. Ге́рманн взбежа́л по ле́стнице, отвори́л две́ри в пере́днюю и уви́дел слугу́, спя́щего под ла́мпою, в стари́нных, запа́ч-канных кре́слах. Лёгким и твёрдым ша́гом Ге́рманн прошёл ми́мо его́. За́ла и гости́ная бы́ли темны́. Ла́мпа сла́бо освеща́ла их из пере́дней. Ге́рманн вошёл в спа́льню. Пе́ред киво́том, напо́лненным стари́нными о́бразами, те́плилась золота́я лампа́да. Полиня́лые што́фные кре́сла и дива́ны с пу́ховыми поду́шками, с соше́дшей позоло́тою, стоя́ли в печа́льной симме́трии о́коло стен, оби́тых кита́йскими обо́ями. На сте-не́ висе́ли два портре́та, пи́санные в Пари́же m-me Lebrun. Оди́н из них

---

vídel, kak lakéi vý`nesli pod rúki sgórblennuiu starúhu, ukútannuiu v sobó`liu shúbu, i kak vosléd za néiu, v holódnom plashche, s golovói`, úbrannoiu svézhimi tsvetámi, mel`knúla eyó vospítannitsa. Dvertsý` zakhlópnulis`. Karéta tiazheló pokatí`las` po rý`khlomu snégu. Shvei`tsar záper dvéri. Ókna pomércli. Germann stal hodít` ókolo opustévshego dóma: on podoshól k fonariu, vzglianúl na chasý`, – bý`lo dvádtsat` minut dvenádtsatogo. On ostálsia pod fonaryóm, ustremív glazá na chasovúiu strélku i vy`zhidáia ostal`ný`e minúty`. Róvno v polovíne dvenádtsatogo Germann stupíl na grafínino krý`l`tsó i vzoshól v iárko osveshchyónný`e séni. Shvei`tsára né bý`lo. Germann vzbezhál po léstnitse, otvoríl dvéri v peredniuiu i uvídel slugú, spiáshchego pod lámpoiu, v starínnyʼkh, zapáchkanny`kh kréslakh. Lyógkim i tvyordý`m shágom Germann proshól mímo ego. Zála i gostínaia bý`li temný`. Lámpa slábo osveshchála ikh iz perédnei`. Germann voshól v spal`niu. Péred kivótom, napólnenny`m starínny`mi óbrazami, téplilas` zolotáia lampáda. Poliniály`e shtófny`e krésla i diványʼ s puhóvy`mi podúshkami, s soshédshei` pozolótoiu, stoiála v pechál`noi` simmétrii ókolo sten, obíty`kh kitái`skimi obóiami. Na sténe viséli dva portréta, písanny`e v Parízhe m-me Lebrun. Odín iz nikh

mann saw two footmen carry out in their arms the bent old lady, wrapped in sable fur, and immediately behind her, clad in a cold cloak, and with her head ornamented with fresh flowers, flitted her ward. The doors were closed. The carriage rolled away heavily through the yielding snow. The porter shut the street-door; the windows became dark. Hermann began walking up and down near the deserted house; he went up to a lamp, and glanced at his watch: it was twenty minutes past eleven. He remained standing under the lamp, his eyes fixed upon the hour hand, waiting for the remaining minutes to pass. At half-past eleven precisely, Hermann stepped on to the Countess's porch, and made his way into the brightly-illuminated vestibule. The porter was not there. Hermann ran up the staircase, opened the door of the ante-room and saw a footman sitting asleep in an antique soiled armchair under a lamp. With a light firm step Hermann passed by him. The hall and the drawing-room were in darkness, lit dimly by the lamp in the ante-room. Hermann entered the bedroom. Before an icon case, which was full of antique images, a golden lamp was burning. Faded brocade armchairs and sofas with down-filled cushions and worn gold embroidery stood in sad symmetry near the walls covered by Chinese wallpaper. On the wall hung two portraits painted in Paris by Madame Lebrun. One of them represented

Vocabulary

ви́деть, уви́деть	see; sight; behold; descry; spy; gain sight of; get sight of; lay eyes; get a peep of; make out; observe; witness
виде́ние	apparition; dream; seeing; idolum; phantasma; phantom; vision; specter
ви́дение	vision; take; perspective
вид	appearance; look; air; sight; view; kind; sort; aspect; form; fashion; outlook; perspective; vision; semblance; shape; prospect
ви́дный, ви́дная	visible; outstanding; eminent; prominent; stately; portly; conspicuous; sightly; presentable; distinguished; notable
выноси́ть, вы́нести	tolerate; stand; abide; bear; bide; bring in; endure; nurture; pass; carry out; remove; take out
вы́нос	evacuation; carrying-out; removal

изобража́л мужчи́ну лет сорока́, румя́ного и по́лного, в светло-зелёном мунди́ре и со звездо́ю; друго́й — молоду́ю краса́вицу с орли́ным но́сом, с зачёсанными виска́ми и с ро́зою в пу́дреных волоса́х. По всем угла́м торча́ли фарфо́ровые пасту́шки, столо́вые часы́ рабо́ты сла́вного Leroy, коро́бочки, руле́тки, веера́ и ра́зные да́мские игру́шки, изобретённые в конце́ мину́вшего столе́тия вме́сте с Монгольфье́ровым ша́ром и Месме́ровым магнети́змом. Ге́рманн пошёл за ши́рмы. За ни́ми стоя́ла ма́ленькая желе́зная крова́ть; спра́ва находи́лась дверь, веду́щая в кабине́т; сле́ва, друга́я — в коридо́р. Ге́рманн её отвори́л, уви́дел у́зкую, виту́ю ле́стницу, кото́рая вела́ в ко́мнату бе́дной воспи́танницы… Но он вороти́лся и вошёл в тёмный кабине́т.

Вре́мя шло ме́дленно. Всё бы́ло ти́хо. В гости́ной проби́ло двена́дцать; по всем ко́мнатам часы́ одни́ за други́ми прозвони́ли двена́дцать, — и всё умо́лкло опя́ть. Ге́рманн стоя́л, прислоня́сь к холо́дной пе́чке. Он был споко́ен; се́рдце его́ би́лось ро́вно, как у челове́ка, реши́вшегося на что-нибудь опа́сное, но необходи́мое. Часы́ проби́ли пе́рвый и второ́й час утра́, — и он услы́шал да́льний стук каре́ты. Нево́льное волне́ние овладе́ло им. Каре́та подъе́хала и останови́лась. Он услы́шал стук опуска́емой подно́жки. В до́ме засуети́лись. Лю́ди побежа́ли,

a stout, florid man of about forty in a light-green uniform and wearing a star; the other–a young beauty with an aquiline nose and a rose in her powdered hair, brushed back at the temples. In all the corners stood porcelain shepherds and shepherdesses, clocks by the celebrated Leroy, boxes, roulettes, fans and the various playthings for ladies that were invented at the end of the last century, along with the Montgolfier balloon and Mesmer's magnetism. Hermann went behind the screen. Behind it stood a little iron bed; on the right was the door which led to the study; on the left–the other which led to the corridor. Hermann opened the latter, and saw the narrow winding staircase which led to the room of the poor ward... But he retraced his steps and entered the dark study.

The time passed slowly. All was still. The clock in the drawing-room struck twelve; through all the rooms the clocks chimed twelve one after the other, and everything was quiet again. Hermann stood leaning against the cold stove. He was calm; his heart beat regularly, like that of a man resolved upon a dangerous but necessary undertaking. One o'clock in the morning struck; then two; and he heard the distant rumble of a carriage. An involuntary agitation took possession of him. The carriage drew near and stopped. He heard the sound of the carriage-steps being let down. All

Vocabulary

изобража́ть, изобрази́ть	represent; depict; describe; express; delineate; embody; feature; characterize; picture; portray; figure; simulate; design; act out; imitate
изображе́ние	picture; figure; image; representation; description; portrait; portrayal; rendering; rendition; effigy; delineation; depiction; reflection
изобрази́тельный, изобрази́тельная	figural; graphic; descriptive; pictorial; figurative; depictive; imitative
румя́ный, румя́ная	ruddy; rosy; red; scarlet; auroral; blushing; blushful; high-coloured; red-faced
румя́на	rouge; paint; blusher; face-paint
румя́ниться, нарумя́ниться	paint; rouge; put on rouge
зарумя́ниться	redden; grow red; blush; crimson
друго́й, друга́я	other; next; second; alternative; another; different; new; else

раздали́сь голоса́ и дом освети́лся. В спа́льню вбежа́ли три ста́рые го́рничные, и графи́ня, чуть жива́я, вошла́ и опусти́лась в вольте́ровы кре́сла. Ге́рманн гляде́л в щёлку: Лизаве́та Ива́новна прошла́ ми́мо его́. Ге́рманн услы́шал её торопли́вые шаги́ по ступе́ням её ле́стницы. В се́рдце его́ отозва́лось не́что похо́жее на угрызе́ние со́вести и сно́ва умо́лкло. Он окамене́л.

Графи́ня ста́ла раздева́ться пе́ред зе́ркалом. Отколо́ли с неё чепе́ц, укра́шенный ро́зами; сня́ли напу́дренный пари́к с её седо́й и пло́тно остри́женной головы́. Була́вки дождём сы́пались о́коло неё. Жёлтое пла́тье, ши́тое серебро́м, упа́ло к её распу́хлым нога́м. Ге́рманн был свиде́телем отврати́тельных та́инств её туале́та; наконе́ц, графи́ня оста́лась в спа́льной ко́фте и ночно́м чепце́: в э́том наря́де, бо́лее сво́йственном её ста́рости, она́ каза́лась ме́нее ужа́сна и безобра́зна.

Как и все ста́рые лю́ди вообще́, графи́ня страда́ла бессо́нницею. Разде́вшись, она́ се́ла у окна́ в вольте́ровы кре́сла и отосла́ла го́рничных. Све́чи вы́несли, ко́мната опя́ть освети́лась одно́ю лампа́дою. Графи́ня сиде́ла вся жёлтая, шевеля́ отви́слыми губа́ми, кача́ясь напра́во и нале́во. В му́тных глаза́х её изобража́лось соверше́нное отсу́тствие мы́с-

spal`niu vbezhá li tri stáry`e górnichny`e, i grafinia, chut` zhivá ia, voshlá i opustí las` v vol`térovy` krésla. Gérmann gliadé l v shchyólku: Lizavéta Ivánovna proshlá mímo ego. Gérmann uslý shal eyó toroplí vy`e shagí po stupéniam eyó léstnitsy`. V sérdtse egó otozvá los` néchto pohózhee na ugry`zénie sóvesti i snóva umólclo. On okamené l.

Grafinia stá la razdevát`sia péred zérkalom. Otkoló li s neyó chepéts, ukráshenny`i` rózami; sniá li napúdrenny`i` parík s eyó sedó i` i plótno ostrízhennoi` golovy`. Bulávki dozhdyóm sy`palis` ókolo neyó. ZHyóltoe platʹe, shítoe serebróm, upálo k eyó raspúkhly`m nogám. Gérmann by`l svidételem otvratítel`ny`kh táinstv eyó tualéta; nakonéts, grafinia ostálas` v spal`noi` kófte i nochnóm cheptse: v éʹtom nariáde, bólee svoí`stvennom eyó stárosti, oná kazá las` ménee uzhásna i bezobrázna.

Kak i vse stáry`e liúdi voobshché, grafinia stradá la bessónnitseiu. Razdévshis`, oná séla u okná v vol`térovy` krésla i otoslá la górnichny`kh. Svéchi vy`nesli, kómnata opiátʹ osvetí las` odnóiu lampádoiu. Grafinia sidéla vsia zhyóltaia, sheveliá otvísly`mi gubámi, kachá ias` naprávo i nalévo. V mútny`kh glazákh eyó izobrazhá los` soversheénnoe otsútstvie my`ʹsli; smo-

was bustle within the house. The servants were running about, voices were heard, and the house was lit up. Three old maids ran into the bedroom, and the Countess, barely alive, entered and sank into a Voltaire armchair. Hermann peeped through a chink: Lizaveta Ivanovna passed close by him. Hermann heard her hurried steps on the staircase. His heart was assailed by something like a pricking of conscience, but the emotion went away. He became petrified.

The Countess began to undress before her mirror. Her rose-bedecked cap was unpinned, and then her powdered wig was removed from her white and closely cropped head. Pins fell in showers around her. Her yellow dress, embroidered with silver, fell down at her swollen feet. Hermann was a witness of the repugnant mysteries of her toilette; at last the Countess was in her night-cap and bed-jacket, and in this costume, more suitable to her age, she seemed less hideous and dreadful.

Like all old people in general, the Countess suffered from insomnia. Having undressed, she seated herself at the window in a Voltaire armchair and dismissed her maids. The candles were taken away, and once more the room was lit only by the icon-lamp. The Countess sat there looking quite yellow, mumbling with her flaccid lips and swaying from side to side. Her dull eyes

Vocabulary

разда́ться, раздава́ться	sound; split; be heard; give way; separate; expand; peal; bulge; ring; arise; proceed; resound
чуть	hardly; scarcely; almost; little; lightly; narrowly; just a little; slightly
живо́й, жива́я	living; alive; lively; vivid; vivacious; nimble; real; true; animate; active; agile; alert; cheery
живи́тельный, живи́тельная	vivifying; crisp; animative; life-giving; refreshing; reviviscent; recuperative
живо́т	belly; stomach; life; abdomen
жизнь	life; existence; day; living; breath; time; being; subsistence
ми́мо	past; by; beside; off; wide
слы́шать, услы́шать	hear; feel; notice; understand
слу́шать	listen; hear; attend; audition; follow; hark
слу́шатель, слу́шательница	listener; hearer; student; auditor

ли; смотря на неё, можно было бы подумать, что качание страшной старухи происходило не от её воли, но по действию скрытого гальванизма.

Вдруг это мёртвое лицо изменилось неизъяснимо. Губы перестали шевелиться, глаза оживились: перед графинею стоял незнакомый мужчина.

– Не пугайтесь, ради бога, не пугайтесь! – сказал он внятным и тихим голосом. – Я не имею намерения вредить вам; я пришёл умолять вас об одной милости.

Старуха молча смотрела на него и, казалось, его не слыхала. Германн вообразил, что она глуха, и, наклонясь над самым её ухом, повторил ей то же самое. Старуха молчала по-прежнему.

– Вы можете, – продолжал Германн, – составить счастие моей жизни, и оно ничего не будет вам стоить: я знаю, что вы можете угадать три карты сряду...

Германн остановился. Графиня, казалось, поняла, чего от неё требовали; казалось, она искала слов для своего ответа.

– Это была шутка, – сказала она наконец, – клянусь вам! это была шутка!

---

tria na neyo, mozhno by`lo by` podumat`, shto kachanie strashnoi` staruhi proishodi`lo ne ot eyo voli, no po dei`stviiu skry`togo gal`vanizma.

Vdrug e`to myortvoe litso izmeni`los` neiz``iasnimo. Guby` perestali shevelit`sia, glaza ozhivi`lis`: pered grafineiu stoial neznakomy`i` muzhchina.

– Ne pugai`tes`, radi boga, ne pugai`tes`! – skazal on vniatny`m i tihim golosom. – Ya ne imeiu namereniia vredit` vam; ia prishol umoliat` vas ob odnoi` milosti.

Staruha molcha smotrela na nego i, kazalos`, ego ne sly`hala. Germann voobrazi`l, shto ona gluha, i, naclonias` nad samy`m eyo uhom, povtori`l ei` to zhe samoe. Staruha molchala po-prezhnemu.

– Vy` mozhete, – prodolzhal Germann, – sostavit` schastie moei` zhizni, i ono nichego ne budet vam stoit`: ia znaiu, shto vy` mozhete ugadat` tri karty` sriadu...

Germann ostanovi`lsia. Grafinia, kazalos`, poniala, chego ot neyo trebovali; kazalos`, ona iskala slov dlia svoego otveta.

– E`to by`la shutka, – skazala ona nakonets, – clianus` vam! e`to by`la shutka!

expressed complete vacancy of mind, and, looking at her, one would have thought that the rocking of the hideous old woman was not a voluntary action of her own, but was produced by the action of some concealed galvanic mechanism.

Suddenly the dead face inexplicably changed. The lips ceased to move, the eyes became animated: before the Countess stood an unknown man.

"Do not be afraid, for heaven's sake, do not be afraid!" he said in a low but distinct voice. "I have no intention of doing you any harm, I have only come to ask a favour of you."

The old woman looked at him in silence, as if she had not heard what he had said. Hermann thought that she was deaf, and bending down towards her ear, he repeated what he had said. The old woman remained silent as before.

"You can insure the happiness of my life," continued Hermann, "and it will cost you nothing. I know that you can guess three cards in a row..."

Hermann stopped. The Countess appeared now to understand what he wanted; she seemed as if seeking for words to reply.

"It was a joke," she said at last: "I swear to you it was a joke!"

Vocabulary

смотре́ть, посмотре́ть	look; gaze; view; see; watch; examine; inspect; mind; look out; behold; leer; eye; shepherd; superintend; supervise
смотр	inspection; muster; parade; review; show; ward; festival
кача́ние	rocking; swing; pumping; sway; wabble; oscillation; teeter; swinging
кача́ть, качну́ть	rock; swing; shake; toss; roll; pitch; sway; dance; jump; oscillate; ride; wag; dandle; wobble
кача́ть, накача́ть	pump; inflate
ка́чка	rocking; rolling; pitching; roll; tossing
качо́к	body-builder; hunk; muscleman; jock
произойти́, происходи́ть	take place; happen; arise; originate; descend; stem; ensue; issue; accrue; befall; come; derive; emanate; occur; pass; rise; come about; come off; come to pass

— Этим нечего шутить, — возразил сердито Германн. — Вспомните Чаплицкого, которому помогли вы отыграться.

Графиня видимо смутилась. Черты её изобразили сильное движение души, но она скоро впала в прежнюю бесчувственность.

— Можете ли вы, — продолжал Германн, — назначить мне эти три верные карты?

Графиня молчала; Германн продолжал:

— Для кого вам беречь вашу тайну? Для внуков? Они богаты и без того, они же не знают и цены деньгам. Моту не помогут ваши три карты. Кто не умеет беречь отцовское наследство, тот всё-таки умрёт в нищете, несмотря ни на какие демонские усилия. Я не мот; я знаю цену деньгам. Ваши три карты для меня не пропадут. Ну!..

Он остановился и с трепетом ожидал её ответа. Графиня молчала; Германн стал на колени.

— Если когда-нибудь, — сказал он, — сердце ваше знало чувство любви, если вы помните её восторги, если вы хоть раз улыбнулись при плаче новорождённого сына, если что-нибудь человеческое билось когда-нибудь в груди вашей, то умоляю вас чувствами супруги, любовницы,

---

— E'tim nechego shutit', — vozrazil serdito Germann. — Vspomnite Chaplitskogo, kotoromu pomogli vy` oty`grat`sia.

Grafinia vidimo smutilas`. Cherty` eyo izobrazili si'l`noe dvizhenie dushi, no ona skoro vpala v prezhniuiu beschuvstvennost`.

— Mozhete li vy`, — prodolzhal Germann, — naznachit` mne e'ti tri verny`e karty`?

Grafinia molchala; Germann prodolzhal:

— Dlia kogo' vam berech` vashu tai`nu? Dlia vnukov? Oni bogaty` i bez togo, oni zhe ne znaiut i ceny` den`gam. Motu ne pomogut vashi tri karty`. Kto ne umeet berech` ottsovskoe nasledstvo, tot vsyo-taki umryot v nishchete, nesmotria ni na kakie demonskie usi`liia. Ya ne mot; ia znaiu tsenu den`gam. Vashi tri karty` dlia menia ne propadut. Nu!..

On ostanovilsia i s trepetom ozhidal eyo otveta. Grafinia molchala; Germann stal na koleni.

— E'sli kogda-nibud`, — skazal on, — serdtse vashe znalo chuvstvo liubvi, esli vy` pomnite eyo vostorgi, esli vy` hot` raz uly`bnulis` pri plache novorozhdyonnogo sy`na, esli shto-nibud` chelovecheskoe bi`los` kogda-nibud` v grudi vashei`, to umoliaiu vas chuvstvami suprugi, liubovnitsy`,

"There is no joking about the matter," replied Hermann angrily. "Remember Chaplitzky, whom you helped to win back his money."

The Countess became visibly uneasy. Her features expressed strong emotion, but she soon lapsed into her former senselessness.

"Can you name me these three winning cards?" continued Hermann.

The Countess remained silent; Hermann continued:

"For whom are you preserving your secret? For your grandsons? They are rich enough without it; they do not know the value of money. Your three cards would be of no use to a spendthrift. He who cannot preserve his paternal inheritance, will die in want, even though he had a demon at his service. I am not a spendthrift; I know the value of money. Your three cards will not be thrown away upon me. Come!.."

He paused and tremblingly awaited her reply. The Countess remained silent; Hermann fell upon his knees.

"If your heart has ever known the feeling of love," he said, "if you remember its rapture, if you have ever smiled at the cry of a new-born son, if any human feeling has ever entered into your breast, I entreat you by the feelings of a wife, a lover, a mother, by all that is most sacred in life, not to re-

Vocabulary

шути́ть, пошути́ть	joke; jest; make fun; poke fun at; speak in jest
шу́тка	joke; jest; fun; trick; trifle; witticism; prank
шутни́к, шутни́ца	joker; jester; droll; humorist; hoaxer; prankster
шутли́вый, шутли́вая	playful; jocular; gamesome; prankish; jesting; humorous
шут	fool; jester; clown; buffoon
шути́ха	firecracker; flip-flap; pin wheel; petard
возража́ть, возрази́ть	reply; object to; raise objections; answer; contradict; contravene; controvert; except; mind; protest; remonstrate against
возраже́ние	objection; rejoinder; protest; retort
серди́тый, серди́тая	angry; mad; wrathful; irascible; fretful; cross
серди́ться, осерча́ть	be angry; boil; bristle; fume; be out of temper; be vexed with; sulk with; get cross; get mad
серди́тость	gruffness; anger
мот	spendthrift; squanderer

матери, – всем, что ни есть свято́го в жи́зни, – не откажи́те мне в мое́й про́сьбе! – откро́йте мне ва́шу та́йну! – что вам в ней?.. Мо́жет быть, она́ сопряжена́ с ужа́сным грехо́м, с па́губою ве́чного блаже́нства, с дья́вольским догово́ром... Поду́майте: вы ста́ры; жить вам уж недо́лго, – я гото́в взять грех ваш на свою́ ду́шу. Откро́йте мне то́лько ва́шу та́йну. Поду́майте, что сча́стие челове́ка нахо́дится в ва́ших рука́х; что не то́лько я, но де́ти мои́, вну́ки и пра́внуки благословя́т ва́шу па́мять и бу́дут её чтить, как святы́ню...

Стару́ха не отвеча́ла ни сло́ва.

Ге́рманн встал.

– Ста́рая ве́дьма! – сказа́л он, сти́снув зу́бы, – так я ж заста́влю тебя́ отвеча́ть...

С э́тим сло́вом он вы́нул из карма́на пистоле́т.

При ви́де пистоле́та графи́ня во второ́й раз оказа́ла си́льное чу́вство. Она́ закива́ла голово́ю и подняла́ ру́ку, как бы заслоня́ясь от вы́стрела... Пото́м покати́лась на́взничь... и оста́лась недви́жима.

– Переста́ньте ребя́читься, – сказа́л Ге́рманн, взяв её ру́ку. – Спра́шиваю в после́дний раз: хоти́те ли назна́чить мне ва́ши три ка́рты? – да и́ли нет?

---

materi, – vsem, shto ni est` sviato´go v zhi´zni, – ne otkazhi´te mne v moe´i` pro´s`be! – otkro´i`te mne va´shu ta´i`nu! – shto vam v nei´?.. Mo´zhet by´t`, ona´ sopriazhena´ s uzha´sny`m greho´m, s pa´guboiu ve´chnogo blazhe´nstva, s d`ia´vol`skim dogovo´rom... Podu´mai`te: vy` sta´ry`; zhit` vam uzh nedo´lgo, – ia goto´v vziat` grekh vash na svoiu´ du´shu. Otkro´i`te mne to´l`ko va´shu ta´i`nu. Podu´mai`te, shto scha´stie chelove´ka naho´ditsia v va´shikh ruka´kh; shto ne to´l`ko ia, no de´ti moi´, vnu´ki i pra´vnuki blagosloviа´t va´shu pa´miat` i bu´dut eyo´ chtit`, kak sviaty´`niu...

Staru´ha ne otvecha´la ni slo´va.

Ge´rmann vstal.

– Sta´raia ve´d`ma! – skaza´l on, sti´snuv zu´by`, – tak ia zh zasta´vliu tebia´ otvecha´t`...

S e´tim slo´vom on vy´nul iz karma´na pistole´t.

Pri vi´de pistole´ta grafi´nia vo vtoro´i` raz okaza´la si´l`noe chu´vstvo. Ona´ zakiva´la golovo´iu i podniala´ ru´ku, kak by` zasloniа´ias` ot vy´strela... Poto´m pokati´las` na´vznich`... i osta´las` nedvi´zhima.

– Perestа´n`te rebiа´chit`sia, – skaza´l Ge´rmann, vziav eyo´ ru´ku. – Sprа´shivaiu v posle´dnii` raz: hoti´te li nazna´chit` mne va´shi tri ka´rty`? – da i´li net?

ject my prayer. Reveal to me your secret! Of what use is it to you?.. Maybe it is connected with some terrible sin, with the loss of eternal bliss, with some bargain with the devil… Think, you are old; you have not long to live–I am ready to take your sin upon my soul. Only reveal to me your secret. Think, the happiness of a man is in your hands, that not only I, but my children, grandchildren, and great-grandchildren will bless your memory and reverence it as holy…”

The old woman answered not a word.

Hermann rose.

“Old witch!” he said, clenching his teeth, “then I will make you answer…”

With these words he drew a pistol from his pocket.

At the sight of the pistol, the Countess for the second time exhibited strong emotion. She began shaking her head and raised her hand as if to shield herself from the shot… Then she fell backwards… and remained motionless.

“Come, stop this childish nonsense,” said Hermann, taking her hand. “I ask you for the last time: do you want to tell me your three cards or not? Yes or no?”

Vocabulary

мать	mother; parent; the old lady
ма́ма	mother; ma; mum; mom; mummy
матери́нский, матери́нская	mother; motherly; maternal; parental; motherlike
ма́менькин сыно́к	sissy; mamma's darling; mother's baby; mama's boy
матери́ться	curse; swear
свято́й, свята́я	saint; holy
свя́тость	holiness; sanctity; sainthood; saintliness
святы́ня	relic; sanctuary; shrine; sanctity
про́сьба	request; entreaty; petition; supplication; appeal; plea; wish; solicitation
грех	sin; fault; error; evil; guilt; transgression; trespass; wrongdoing; peccancy; wickedness
греши́ть, согреши́ть	sin; transgress; err; offend; do wrong; commit a sin

Графи́ня не отвеча́ла. Ге́рманн уви́дел, что она́ умерла́.

IV

7 Mai 18**
Homme sans mœurs et sans religion!
Переписка.

Лизаве́та Ива́новна сиде́ла в свое́й ко́мнате, ещё в ба́льном своём наря́де, погружённая в глубо́кие размышле́ния. Прие́хав домо́й, она́ спеши́ла отосла́ть за́спанную де́вку, не́хотя предлага́вшую ей свою́ услу́гу, – сказа́ла, что разде́нется сама́, и с тре́петом вошла́ к себе́, наде́ясь найти́ там Ге́рманна и жела́я не найти́ его́. С пе́рвого взгля́да она́ удостове́рилась в его́ отсу́тствии и благодари́ла судьбу́ за препя́тствие, помеша́вшее их свида́нию. Она́ се́ла, не раздева́ясь, и ста́ла припомина́ть все обстоя́тельства, в тако́е коро́ткое вре́мя и так далеко́ её завле́кшие. Не прошло́ трёх неде́ль с той поры́, как она́ в пе́рвый раз уви́дела в око́шко молодо́го челове́ка, – и уже́ она́ была́ с ним в перепи́ске, – и он успе́л вы́требовать от неё ночно́е свида́ние!

Grafinia ne otvechala. Germann uvi del, shto ona umerla.

IV

7 Mai 18**
Homme sans mœurs et sans religion!
Perepi ska.

Lizaveta Ivanovna sidela v svoei komnate, eshchyo v bal`nom svoyom nariade, pogruzhyonnaia v glubokie razmy shleniia. Priehav domoi, ona speshila otoslat` zaspannuiu devku, ne hotia predlagavshuiu ei svoiu uslugu, – skazala, shto razdenetsia sama, i s trepetom voshla k sebe, nadeias` nai ti tam Germanna i zhelaia ne nai ti ego. S pervogo vzgliada ona udostoverilas` v ego otsutstvii i blagodarila sud`bu za prepiatstvie, pomeshavshee ikh svidaniiu. Ona sela, ne razdevaias`, i stala pripominat` vse obstoiatel`stva, v takoe korotkoe vremia i tak daleko eyo zavlekshie. Ne proshlo tryokh nede l` s toi pory, kak ona v pervy i` raz uvidela v okoshko molodogo cheloveka, – i uzhe ona by`la s nim v perepiske, – i on uspel vy`trebovat` ot neyo nochnoe svidanie! Ona znala i mia ego potomu

The Countess made no reply. Hermann saw that she was dead.

IV

May 7, 18**
A man without morals or religion!
A Correspondence.

Lizaveta Ivanovna was sitting in her room, still in her ball dress, lost in deep thought. On returning home, she had hastily dismissed the sleepy maid who reluctantly offered her services, saying that she would undress herself, and with a trembling heart entered her room, expecting to find Hermann there, but yet hoping not to find him. At the first glance she convinced herself that he was not there, and she thanked her fate for the obstacle that had interfered with their rendezvous. She sat down without undressing, and began to recall to mind all the circumstances which in so short a time had carried her so far. It was not three weeks since the time when she first saw the young man from the window–and yet she was already in correspondence with him, and he had succeeded in inducing her to grant him a noctur-

Vocabulary

умере́ть, умира́ть	die; decease; conk; croak; depart; evaporate; expire; part; perish; die away; die down
мёртвый, мёртвая	dead; off; at rest; belowground; deathlike
мертве́ц	corpse; stiff; dead
перепи́ска	copying; correspondence; typing; rewriting
перепи́сываться	correspond; be in communication with; be in correspondence with; hold correspondence
перепи́сывать, переписа́ть	type; list; enumerate; copy; transcribe; rewrite; redraft
перепи́счик, перепи́счица	copyist; typist; scribe; copier; census taker
пе́репись	census; head count; enumeration
ба́льный, ба́льная	ballroom; dancing
бал	ball; dance
тре́пет	tremor; quiver; awe; flutter; thrill; throb; shivers; trepidation

Она́ зна́ла и́мя его́ потому́ то́лько, что не́которые из его́ пи́сем бы́ли им подпи́саны; никогда́ с ним не говори́ла, не слыха́ла его́ го́лоса, никогда́ о нём не слыха́ла... до са́мого сего́ ве́чера. Стра́нное де́ло! В са́мый тот ве́чер, на ба́ле, То́мский, ду́ясь на молоду́ю княжну́ Поли́ну ***, кото́рая, про́тив обыкнове́ния, коке́тничала не с ним, жела́л отомсти́ть, ока́зывая равноду́шие: он позва́л Лизаве́ту Ива́новну и танцева́л с не́ю бесконе́чную мазу́рку. Во всё вре́мя шути́л он над её пристра́стием к инжене́рным офице́рам, уверя́л, что он зна́ет гора́здо бо́лее, не́жели мо́жно бы́ло ей предполага́ть, и не́которые из его́ шу́ток бы́ли так уда́чно напра́влены, что Лизаве́та Ива́новна ду́мала не́сколько раз, что её та́йна была́ ему́ изве́стна.

— От кого́ вы всё э́то зна́ете? — спроси́ла она́, смея́сь.

— От прия́теля изве́стной вам осо́бы, — отвеча́л То́мский, — челове́ка о́чень замеча́тельного!

— Кто ж э́тот замеча́тельный челове́к?

— Его́ зову́т Ге́рманном.

Лизаве́та Ива́новна не отвеча́ла ничего́, но её ру́ки и но́ги поледене́ли...

---

to´l`ko, shto ne´kotory`e iz ego´ pi´sem by´li im podpi´sany`; nikogda´ s nim ne govori´la, ne sly`ha´la ego´ go´losa, nikogda´ o nyom ne sly`ha´la... do sa´mogo sego´ ve´chera. Stra´nnoe de´lo! V sa´my`i` tot ve´cher, na ba´le, To´mskii`, du´ias` na molodu´iu kniazhnu´ Poli´nu ***, kotо´raia, prо´tiv oby`knoveni´ia, koke´tnichala ne s nim, zhela´l otomsti´t`, oka´zy`vaia ravnodu´shie: on pozva´l Lizave´tu Iva´novnu i tantseva´l s ne´iu beskone´chnuiu mazu´rku. Vo vsyo vre´mia shuti´l on nad eyo´ pristra´stiem k inzhener´ny`m ofitse´ram, uveria´l, shto on zna´et gora´zdo bo´lee, ne´zheli mo´zhno by´lo ei` predpolaga´t`, i ne´kotory`e iz ego´ shu´tok by´li tak uda´chno napra´vleny`, shto Lizave´ta Iva´novna du´mala ne´skol`ko raz, shto eyo´ ta´i`na by´la´ emu´ izve´stna.

— Ot kogо´ vy` vsyo e´to zna´ete? — sprosi´la ona´, smeia´s`.

— Ot priia´telia izve´stnoi` vam osо´by`, — otvecha´l To´mskii`, — chelove´ka о´chen` zamecha´tel`nogo!

— Kto zh e´tot zamecha´tel`ny`i` chelove´k?

— Ego´ zovu´t Ge´rmannom.

Lizave´ta Iva´novna ne otvecha´la nichegо´, no eyо´ ru´ki i no´gi poledene´li...

nal rendezvous! She knew his name only through his having written it at the bottom of some of his letters; she had never spoken to him, had never heard his voice, and had never heard him spoken of… until that evening. But, strange to say, that very evening at the ball, Tomsky, being piqued with the young Princess Pauline ***, who, contrary to her usual custom, did not flirt with him, wished to revenge himself by assuming an air of indifference: he therefore engaged Lizaveta Ivanovna and danced an endless mazurka with her. During the whole of the time he kept teasing her about her partiality for Engineer officers; he assured her that he knew far more than she imagined, and some of his jests were so happily aimed, that Lizaveta Ivanovna thought several times that her secret was known to him.

"From whom have you learned all this?" she asked, smiling.

"From a friend of a person very well known to you," replied Tomsky, "from a very distinguished man!"

"And who is this distinguished man?"

"His name is Hermann."

Lizaveta Ivanovna made no reply; but her hands and feet turned to ice…

Vocabulary

знать	know; see; be aware; be familiar with
знание	knowledge; cognition; cognizance; knowing; notion; science; acquaintance
знающий, знающая	able; aware; acquainted; competent; cognizant; experienced; knowing; wise; well-informed; well-read
имя	name; appellation; appellative; Christian name; first name; forename; given name; by-line
именной, именная	nominal; registered; personalized
именовать	call; name; term; identify; denote; designate; entitle
именно	just; in particular; namely; that is to say; precisely; specifically
подписывать, подписать	sign; subscribe; underwrite; undersign; finalize; autograph
подпись	signature; subscription; by-line; caption

– Этот Германн, – продолжал Томский, – лицо истинно романтическое: у него профиль Наполеона, а душа Мефистофеля. Я думаю, что на его совести по крайней мере три злодейства. Как вы побледнели!..

– У меня голова болит…. Что же говорил вам Германн, – или как бишь его?..

– Германн очень недоволен своим приятелем: он говорит, что на его месте он поступил бы совсем иначе… Я даже полагаю, что Германн сам имеет на вас виды, по крайней мере он очень неравнодушно слушает влюблённые восклицания своего приятеля.

– Да где ж он меня видел?

– В церкви, может быть – на гулянье!.. Бог его знает! может быть, в вашей комнате, во время вашего сна: от него станет…

Подошедшие к ним три дамы с вопросами – *oubli ou regret?* – прервали разговор, который становился мучительно любопытен для Лизаветы Ивановны.

Дама, выбранная Томским, была сама княжна ***. Она успела с ним изъясниться, обежав лишний круг и лишний раз повертевшись перед своим стулом. – Томский, возвратясь на своё место, уже не думал ни о Германне, ни о Лизавете Ивановне. Она непременно хотела

– E'tot Germann, – prodolzhal Tomskii`, – litso istinno romanticheskoe: u nego profil` Napoleona, a dusha Mefistofelia. Ya dumaiu, shto na ego sovesti po krai`nei` mere tri zlodei`stva. Kak vy` pobledneli!..

– U menia golova bolit…. Shto zhe govoril vam Germann, – ili kak bish` ego?..

– Germann ochen` nedovolen svoim priiatelem: on govorit, shto na ego meste on postupil by` sovsem inache… Ya dazhe polagaiu, shto Germann sam imeet na vas vidy`, po krai`nei` mere on ochen` neravnodushno slushaet vliublyonny`e vosclitsaniia svoego priiatelia.

– Da gde zh on menia videl?

– V tserkvi, mozhet by`t` – na gulian`e!.. Bog ego znaet! mozhet by`t`, v vashei` komnate, vo vremia vashego sna: ot nego stanet…

Podoshedshie k nim tri damy` s voprosami – oubli ou regret? – prervali razgovor, kotory`i` stanovilsia muchitel`no liubopy`ten dlia Lizavety` Ivanovny`.

Dama, vy`brannaia Tomskim, by`la sama kniazhna ***. Ona uspela s nim iz``iasnit`sia, obezhav lishnii` krug i lishnii` raz povertevshis` pered svoim stulom. – Tomskii`, vozvratias` na svoyo mesto, uzhe ne dumal ni o Germanne, ni o Lizavete Ivanovne. Ona nepremenno hotela vozobnovit`

"This Hermann," continued Tomsky, "is a truly romantic figure. He has the profile of Napoleon, and the soul of Mephistopheles. I believe that he has at least three crimes upon his conscience. How pale you have become!.."

"I have a headache… But what did this Hermann–or whatever his name is–tell you?.."

"Hermann is very much dissatisfied with his friend: he says that in his place he would act very differently… I even think that Hermann himself has designs upon you; in any case he is not at all indifferent when he hears his friend's amorous exclamations."

"And where has he seen me?"

"In church, perhaps; or on a stroll!.. God alone knows where! It may have been in your room, while you were asleep, he is capable of everything…"

Three ladies approaching them with the question: *"oubli ou regret?"* interrupted the conversation, which had become so tantalisingly interesting to Lizaveta Ivanovna.

The lady chosen by Tomsky was Princess *** herself. She had time to clear up matters with him, after dancing an extra circle and making an extra manoeuvre in front of her chair. On returning to his place, Tomsky thought no more either of Hermann or Lizaveta Ivanovna. She longed to renew the

Vocabulary

продолжа́ть, продо́лжить	continue; go on; lengthen; prolong; go; keep; follow; proceed; protract; pursue; carry on; extend; resume
продолже́ние	continuation; course; sequel; extension; resumption; prolongation; maintenance; duration
продолжа́тель, продолжа́тельница	continuator; continuer; successor
лицо́	face; entity; countenance; front; identity; personality
лицево́й, лицева́я	face; front; facial; obverse
лицезре́ть	see; behold
и́стинный, и́стинная	true; genuine; right; plain; perfect; proper; real; simple; unfeigned; very
и́стина	truth; fact; verity
исте́ц	litigant; claimant; plaintiff
ина́че	differently; otherwise; or else; alternatively

возобнови́ть пре́рванный разгово́р; но мазу́рка ко́нчилась, и вско́ре по́сле ста́рая графи́ня уе́хала.

Слова́ То́мского бы́ли не что ино́е, как мазу́рочная болтовня́, но они́ глубоко́ зарони́лись в ду́шу молодо́й мечта́тельницы. Портре́т, набро́санный То́мским, схо́дствовал с изображе́нием, соста́вленным е́ю са́мою, и, благодаря́ нове́йшим рома́нам, э́то уже́ по́шлое лицо́ пуга́ло и пленя́ло её воображе́ние. Она́ сиде́ла, сложа́ кресто́м го́лые ру́ки, наклони́в на откры́тую грудь го́лову, ещё у́бранную цвета́ми... Вдруг дверь отвори́лась, и Ге́рманн вошёл. Она́ затрепета́ла...

– Где же вы бы́ли? – спроси́ла она́ испу́ганным шёпотом.

– В спа́льне у ста́рой графи́ни, – отвеча́л Ге́рманн, – я сейча́с от неё. Графи́ня умерла́.

– Бо́же мой!.. что вы говори́те?..

– И ка́жется, – продолжа́л Ге́рманн, – я причи́ною её сме́рти.

Лизаве́та Ива́новна взгляну́ла на него́, и слова́ То́мского раздали́сь в её душе́: у э́того челове́ка по кра́йней ме́ре три злоде́йства на душе́! Ге́рманн сел на око́шко по́дле неё и всё рассказа́л.

Лизаве́та Ива́новна вы́слушала его́ с у́жасом. Ита́к, э́ти стра́стные пи́сьма, э́ти пла́менные тре́бования, э́то де́рзкое, упо́рное преследова-

---

prérvanny`i` razgovor; no mazúrka konchilas`, i vskore posle staraia grafinia ue`hala.

Slova Tomskogo by`li ne shto inoe, kak mazurochnaia boltovnia, no oní gluboko zaroní lis` v dushu molodo`i` mechtatel`nitsy`. Portret, nabrosanny`i` Tomskim, shodstvoval s izobrazheniem, sostavlenny`m e`iu samoiu, i, blagodaria nove`i`shim romanam, e`to uzhe poshloe litso pugalo i plenialo eyo voobrazhenie. Ona sidela, slozha krestom goly`e ruki, naclonív na okry`tuiu grud` golovu, eshchyo u`brannuiu tsvetami... Vdrug dver` otvorilas`, i Germann voshol. Ona zatrepetala...

– Gde zhe vy` by`li? – sprosila ona ispuganny`m shyopotom.

– V spal`ne u staroi` grafini, – otvechal Germann, – ia sei`chas ot neyo. Grafinia umerla.

– Bozhe moi`!.. shto vy` govorite?..

– I kazhetsia, – prodolzhal Germann, – ia prichínoiu eyo smerti.

Lizaveta Ivanovna vzglianula na nego, i slova Tomskogo razdalís` v eyo dushe: u e`togo cheloveka po kra`i`nei` mere tri zlode`i`stva na dushe! Germann sel na okoshko po`dle neyo i vsyo rasskazal.

Lizaveta Ivanovna vy`slushala ego s uzhasom. Itak, e`ti strastny`e pis`ma, e`ti plamenny`e trebovaniia, e`to derzkoe, upornoe presledovanie, vsyo

interrupted conversation, but the mazurka came to an end, and shortly afterwards the old Countess took her departure.

Tomsky's words were nothing more than the small talk of the mazurka, but they sank deep into the soul of the young dreamer. The portrait, sketched by Tomsky, coincided with the picture she had formed within her own mind, and thanks to the latest novels, this already banal figure frightened and captivated her imagination. She was now sitting with her bare arms crossed and with her head, still adorned with flowers, sunk upon her open bosom... Suddenly the door opened and Hermann entered. She began to tremble...

"Where have you been?" she asked in a terrified whisper.

"In the old Countess's bedroom," replied Hermann: "I have just left her. The Countess is dead."

"My God!.. What are you saying?.."

"And, apparently," continued Hermann, "I am the cause of her death."

Lizaveta Ivanovna looked at him, and Tomsky's words found an echo in her soul: "This man has at least three crimes upon his conscience!" Hermann sat down on the window-sill near her, and told her everything.

Lizaveta Ivanovna listened to him in terror. So all those passionate letters, those ardent demands, this bold obstinate pursuit–all this was not love!

Vocabulary

возобнови́ть, возобновля́ть	renew; reopen; resume; revive; recommence; pick up the thread; reinvigorate
возобновле́ние	renewal; restoration; revival; recommencement; reinstatement; renascence; resumption
возобновлённый, возобновлённая	renewed; resumed; recommenced
пре́рванный, пре́рванная	interrupted; abortive; aborted; disturbed; discontinued; terminated; broken
прерва́ть, прерыва́ть	interrupt; break; discontinue; intermit; intercept; interpose; break into; cut off; cut short
переры́в	pause, break, interval; hold; off hour; interruption; recess; cessation; discontinuation
разгово́р	talk; conversation; discourse; colloquy; chat
разгова́ривать, говори́ть	talk; converse; speak; colloquize; intercommune; intercommunicate
разговори́ть	get smb. to talk

ние, всё это было не любовь! Деньги, – вот чего алкала его душа! Не она могла утолить его желания и осчастливить его! Бедная воспитанница была не что иное, как слепая помощница разбойника, убийцы старой её благодетельницы!.. Горько заплакала она в позднем, мучительном своём раскаянии. Германн смотрел на неё молча: сердце его также терзалось, но ни слёзы бедной девушки, ни удивительная прелесть её горести не тревожили суровой души его. Он не чувствовал угрызения совести при мысли о мёртвой старухе. Одно его ужасало: невозвратная потеря тайны, от которой ожидал обогащения.

– Вы чудовище! – сказала наконец Лизавета Ивановна.

– Я не хотел её смерти, – отвечал Германн, – пистолет мой не заряжен.

Они замолчали.

Утро наступало. Лизавета Ивановна погасила догорающую свечу: бледный свет озарил её комнату. Она отёрла заплаканные глаза и подняла их на Германна: он сидел на окошке, сложа руки и грозно нахмурясь. В этом положении удивительно напоминал он портрет Наполеона. Это сходство поразило даже Лизавету Ивановну.

---

e'to by'lo ne liubov'! Den`gi, – vot chego' alka'la ego' dusha! Ne ona' mogla' utoli't` ego' zhela'niia i oschastli'vit` ego! Be'dnaia vospi'tannitsa by`la' ne shto ino'e, kak slepa'ia pomo'shchnitsa razbo'i`nika, ubi'i`tsy' sta'roi` eyo' blagode'tel`nitsy`!.. Gor`ko zapla'kala ona' v po'zdnem, muchi'tel`nom svoyom raska'ianii. Germann smotre'l na neyo' mo'lcha: se'rdtse ego' ta'kzhe terza'los`, no ni slyo'zy` be'dnoi` de'vushki, ni udivi'tel`naia pre'lest` eyo' go'resti ne trevo'zhili suro'voi` dushi' ego'. On ne chu'vstvoval ugry`ze'niia so'vesti pri my'sli o myo'rtvoi` staru'khe. Odno' ego' uzhasa'lo: nevozvra'tnaia pote'ria ta'i`ny`, ot koto'roi` ozhida'l obogashche'niia.

– Vy` chudo'vishche! – skaza'la nakone'ts Lizave'ta Iva'novna.

– Ya ne hote'l eyo' sme'rti, – otvecha'l Germann, – pistole't moi` ne zariazhen.

Oni' zamolcha'li.

U'tro nastupa'lo. Lizave'ta Iva'novna pogasi'la dogora'iushchuiu svechu': ble'dny'i` svet ozari'l eyo' ko'mnatu. Ona' otyo'rla zapla'kanny`e glaza' i podniala' ikh na Germanna: on side'l na oko'shke, slozha' ru'ki i gro'zno nakhmu'rias`. V e'tom polozhe'nii udivi'tel`no napomina'l on portre't Napoleo'na. E'to sho'dstvo porazi'lo da'zhe Lizave'tu Iva'novnu.

Money–that was what his soul yearned for! It was not she who could satisfy his desire and make him happy! The poor ward had been nothing but the blind accomplice of a robber, of the murderer of her old benefactress!.. She began to cry bitterly in belated, agonised repentance. Hermann gazed at her in silence: his heart, too, was a prey to violent emotion, but neither the tears of the poor girl, nor the wonderful charm of her grief troubled his hardened soul. He felt no pricking of conscience at the thought of the dead old woman. One thing only terrified him: the irreparable loss of the secret from which he had expected to obtain wealth.

"You are a monster!" said Lizaveta Ivanovna at last.

"I did not wish for her death," replied Hermann: "my pistol is not loaded."

They fell silent.

Morning was coming. Lizaveta Ivanovna extinguished her burnt-down candle: a pale light illumined her room. She wiped her tear-stained eyes and raised them towards Hermann: he was sitting on the window-sill, arms crossed and sternly frowning. In this pose he bore a striking resemblance to the portrait of Napoleon. This resemblance struck even Lizaveta Ivanovna.

Vocabulary

де́ньги	money; currency; cash; exchange; coin; dough
де́нежный, де́нежная	monetary; currency; rich; financial; material; moneyed
душа́	soul; serf; psyche; linchpin; mind; temper; bosom; breast; ghost; spirit
душе́вный, душе́вная	mental; sincere; hearty; internal; soulful; heartful; warm-hearted; heartfelt; heartwarming
мочь, смочь	be able; be in a position; be allowed; be capable of; be free to; can; may
утоли́ть, утоля́ть	appease; assuage; quench; satisfy
утоле́ние	appeasement; quench; mitigation
жела́ние	wish; desire; will; pleasure; volition; aspiration
жела́ть, пожела́ть	wish; desire; love; want; will
жела́нный, жела́нная	desired; long wished for; welcome; beloved; acceptable; desirable; hoped-for; coveted; cherished

– Как вам вы́йти из до́му? – сказа́ла наконец Лизаве́та Ива́новна. – Я ду́мала провести́ вас по потаённой ле́стнице, но на́добно идти́ ми́мо спа́льни, а я бою́сь.

– Расскажи́те мне, как найти́ э́ту потаённую ле́стницу; я вы́йду.

Лизаве́та Ива́новна вста́ла, вы́нула из комо́да ключ, вручи́ла его́ Ге́рманну и дала́ ему́ подро́бное наставле́ние. Ге́рманн пожа́л её холо́дную безотве́тную ру́ку, поцелова́л её наклонённую го́лову и вы́шел.

Он спусти́лся вниз по вито́й ле́стнице и вошёл опя́ть в спа́льню графи́ни. Мёртвая стару́ха сиде́ла окамене́в; лицо́ её выража́ло глубо́кое споко́йствие. Ге́рманн останови́лся пе́ред не́ю, до́лго смотре́л на неё, как бы жела́я удостове́риться в ужа́сной и́стине; наконец вошёл в кабине́т, ощу́пал за обо́ями дверь и стал сходи́ть по тёмной ле́стнице, волну́емый стра́нными чу́вствованиями. По э́той са́мой ле́стнице, ду́мал он, мо́жет быть, лет шестьдеся́т наза́д, в э́ту са́мую спа́льню, в тако́й же час, в ши́том кафта́не, причёсанный *à l'oiseau royal*, прижима́я к се́рдцу треуго́льную свою́ шля́пу, прокра́дывался молодо́й счастли́вец, давно́ уже́ истле́вший в моги́ле, а се́рдце престаре́лой его́ любо́вницы сего́дня переста́ло би́ться…

– Kak vam výi`ti iz dómu? – skazála nakonets Lizaveta Ivanóvna. – Ya dúmala provestí vas po potayónnoi` léstnitse, no nádobno idtí mímo spál`ni, a ia boius`.

– Rasskazhíte mne, kak nai`tí étu potayónnuiu léstnitsu; ia výi`du.

Lizaveta Ivanóvna vstála, výnula iz komóda cliuch, vruchíla egó Germannu i dalá emú podróbnoe nastavlénie. Gérmann pozhál eyó holódnuiu bezotvétnuiu rúku, potselovál eyó naclonyónnuiu gólovu i výshel.

On spustílsia vniz po vitói` léstnitse i voshól opiát` v spál`niu grafini. Myórtvaia starúha sidе́la okamenév; litso eyó výrazhálo glubókoe spokói`stvie. Gérmann ostanovílsia pе́red néiu, dólgo smotrél na neyó, kak by` zheláia udostovérit`sia v uzhásnoi` ístine; nakonets voshól v kabinе́t, oshchúpal za obóiami dver` i stal shodít` po tyómnoi` léstnitse, volnúemy`i` stránny`mi chúvstvovaniiami. Po étoi` sámoi` léstnitse, dúmal on, mózhet by`t`, let shest`desiát nazád, v étu sámuiu spál`niu, v takói` zhe chas, v shítom kaftáne, prichyósanny`i` ? l'oiseau royal, prizhimáia k sérdtsu treugól`nuiu svoiu shliápu, prokrády`valsia molodói` schastlívets, davnó uzhe istlévshii v mogíle, a sérdtse prestaréloi` egó liubо́vnitsy` segódnia perestа́lo bít`sia…

"How are you going to get out of the house?" Lizaveta Ivanovna said at last. "I thought of conducting you down the secret staircase, but in that case it would be necessary to go through the bedroom, and I am afraid."

"Tell me how to find this secret staircase–I will go alone."

Lizaveta Ivanovna got up, took from the chest of drawers a key, handed it to Hermann and gave him detailed instructions. Hermann pressed her cold, unresponsive hand, kissed her bowed head, and left.

He descended the winding staircase, and once more entered the Countess's bedroom. The dead old woman sat as if petrified; her face expressed profound tranquillity. Hermann stopped before her, and gazed long at her, as if he wished to assure himself of the terrible truth; at last he entered the study, felt behind the tapestry for the door, and then began to descend the dark staircase, filled with strange emotions. "On this very staircase," he thought, "perhaps sixty years or so ago, to this very bedroom, at this very hour, in an embroidered coat, with his hair dressed à l'oiseau royal and pressing to his heart his three-cornered hat, crept some fortunate young man, now long mouldering in the grave, but the heart of his aged mistress has only today ceased to beat…"

Vocabulary

вы́йти, выходи́ть	walk out; get out; alight; open on to; pass out; appear; emerge; foster; give; lead out; marry
вы́йти в лю́ди	arrive; make one's way in life; go up in the world; rise in the world; come up in the world
вы́ход	exit; way out; outlet; departure; withdrawal; retirement; appearance; publication; entrance; solution
выходно́й, выходна́я	exit; outlet; output; cocktail; go-to-meeting
выходно́й, выходны́е	day off; weekend; festive
дом	house; household; establishment; dwelling
дома́шний, дома́шняя	home; house; private; domestic; household; indoor; homemade
одома́шнить, одома́шнивать	domesticate; tame

Под лестницею Германн нашёл дверь, которую отпер тем же ключом, и очутился в сквозном коридоре, выведшем его на улицу.

V

В эту ночь явилась ко мне покойница баронесса фон В***.
Она была вся в белом и сказала мне:
"Здравствуйте, господин советник!"
Шведенборг.

Три дня после роковой ночи, в девять часов утра, Германн отправился в *** монастырь, где должны были отпевать тело усопшей графини. Не чувствуя раскаяния, он не мог однако совершенно заглушить голос совести, твердившей ему: ты убийца старухи! Имея мало истинной веры, он имел множество предрассудков. Он верил, что мёртвая графиня могла иметь вредное влияние на его жизнь, – и решился явиться на её похороны, чтобы испросить у ней прощения.

Pod lestnitseiu Germann nashol dver`, kotoruiu otper tem zhe cliuchom, i ochutilsia v skvoznom koridore, vyvedshem egó na ulitsu.

V

V etu noch` iavilas` ko mne pokoi`nitsa baronessa fon V***.
Oná by`lá vsia v belom i skazala mne:
"Zdravstvui`te, gospodin sovetnik!"
Shvedenborg.

Tri dnia posle rokovoi` nochi, v deviat` chasov utra, Germann otpravilsia v *** monasty`r`, gde dolzhny` by`li otpevat` telo usopshei` grafini. Ne chuvstvuia raskaianiia, on ne mog odnako sovershenno zaglushit` golos sovesti, tverdivshei` emu: ty` ubi`i`tsa starukhi! Imeia malo istinnoi` very`, on imel mnozhestvo predrassudkov. On veril, shto myortvaia grafinia mogla imet` vrednoe vliianie na ego zhizn`, – i reshilsia iavit`sia na eyó pohorony`, chtoby` isprosit` u nei` proshcheniia.

At the bottom of the staircase Hermann found a door, which he opened with the same key, and found himself in a corridor which conducted him into the street.

V

That night the late Baroness von W*** appeared to me.
She was all in white and said to me:
"Good evening, Mr. Counsellor!"
Swedenborg.

Three days after the fatal night, at nine o'clock in the morning, Hermann set out for the *** monastery, where the funeral service for the dead Countess was to be held. Although feeling no remorse, he could not altogether stifle the voice of conscience, which kept telling him: "You are the murderer of the old woman!" Having little true religious belief, he was exceedingly superstitious. He believed that the dead Countess might exercise an evil influence on his life, and he resolved to be present at her funeral in order to implore her pardon.

Vocabulary

находи́ть, найти́	find; come across; be seized with; take; hit; retrieve; see; strike; chance; get ahold of; detect; lay hands on; discover; recognize; learn
находи́ться	be situated; be; belong; lie; stand; exist; sit; reside; be located
нахожде́ние	standing; location; residence; discovery; finding
нахо́дка	discovery; find; finding; godsend; prize; trove; boon; catch; lost and found item
нахо́дчивый, нахо́дчивая	resourceful; ready-witted; smart; adroit; quick-witted; cute; inventive
ключ	key; clue; spring; source; fountain; signature; well
ключево́й, ключева́я	key; key-note; crucial; essential; pivotal; critical; strategic
клю́чник, клю́чница	key keeper; key holder; housekeeper

Церковь была́ полна́. Ге́рманн наси́лу мог пробра́ться сквозь толпу́ наро́да. Гроб стоя́л на бога́том катафа́лке под ба́рхатным балдахи́ном. Усо́пшая лежа́ла в нём с рука́ми, сло́женными на груди́, в кружевно́м чепце́ и в бе́лом атла́сном пла́тье. Круго́м стоя́ли её дома́шние: слу́ги в чёрных кафта́нах с ге́рбовыми ле́нтами на плече́ и со свеча́ми в рука́х; ро́дственники в глубо́ком тра́уре, – де́ти, вну́ки и пра́внуки. Никто́ не пла́кал; слёзы бы́ли бы – une affectation. Графи́ня так была́ стара́, что смерть её никого́ не могла́ порази́ть и что её ро́дственники давно́ смотре́ли на неё как на отжи́вшую. Молодо́й архиере́й произнёс надгро́бное сло́во. В просты́х и тро́гательных выраже́ниях предста́вил он ми́рное успе́ние пра́ведницы, кото́рой до́лгие го́ды бы́ли ти́хим, умили́тельным приготовле́нием к христиа́нской кончи́не. “А́нгел сме́рти обрёл её, – сказа́л ора́тор, – бо́дрствующую в помышле́ниях благи́х и в ожида́нии жениха́ полуно́щного”.

Слу́жба соверши́лась с печа́льным прили́чием. Ро́дственники пе́рвые пошли́ проща́ться с те́лом. Пото́м дви́нулись и многочи́сленные го́сти, прие́хавшие поклони́ться той, кото́рая так давно́ была́ уча́стницею в их су́етных увеселе́ниях. По́сле них и все дома́шние. Наконе́ц приблизи-

***

Tserkov` by`lá polná. Gérmann nasílu mog probrat`sia skvoz` tolpú naróda. Grob stoiál na bogátom katafálke pod bárhatny`m baldahínom. Usópshaia lezhála v nyom s rukámi, slózhenny`mi na grudí, v kruzhevnóm cheptsé i v bélom atlásnom plat`e. Krugóm stoiáli eyó domáshnie: slúgi v chyórny`kh kaftánakh s gérbovy`mi léntami na pleché i so svechámi v rukákh; ródstvenniki v glubókom tráure, – déti, vnúki i právnuki. Niktó ne plákal; slyózy` by`li by` – une affectation. Grafínia tak by`lá stará, shto smert` eyó nikogó ne moglá porazít` i shto eyó ródstvenniki davnó smotréli na neyó kak na otzhívshuiu. Molodói` arhieréi` proiznyós nadgróbnoe slóvo. V prostý`kh i trógatel`ny`kh vy`razhéniiakh predstávil on mírnoe uspénie právednitsy`, kotóroi` dólgie gódy` by`li tíhim, umilítel`ny`m prigotovléniem k khristiánskoi` konchíne. “Ángel smérti obryól eyó, – skazál orátor, – bódrstvuiushchuiu v pomy`shléniiakh blagíkh i v ozhidánii zhenihá polúnoshchnogo”.

Slúzhba sovershílas` s pechál`ny`m prilíchiem. Ródstvenniki pérvy`e poshlí proshchat`sia s télom. Potóm dvínulis` i mnogochíslenny`e gósti, priéhavshie poclonít`sia toi`, kotóraia tak davnó by`lá uchástnitseiu v ikh súetny`kh uveselé́niiakh. Pósle nikh i vse domáshnie. Nakonéts priblízilas`

The church was full. It was with difficulty that Hermann made his way through the crowd of people. The coffin was placed upon a rich catafalque beneath a velvet baldachin. The deceased lay within it, with her hands crossed upon her breast, wearing a lace cap and a white satin dress. Around her stood the members of her household: the servants in black caftans, with armorial ribbons upon their shoulders, and candles in their hands; the relatives—children, grandchildren, and great-grandchildren—in deep mourning. Nobody wept; tears would have been une affectation. The Countess was so old, that her death could have surprised nobody, and her relatives had long looked upon her as being out of the world. A young bishop pronounced the funeral oration. In simple and touching words he described the peaceful passing away of the righteous, who had passed long years in calm, touching preparation for a Christian end. "The angel of death found her," said the orator, "vigilant in pious meditation and waiting for the midnight bridegroom."

The service concluded amidst grievous decorum. The relatives went forward first to take farewell of the corpse. Then followed the numerous guests, who had come to render the last homage to her who for so long had been a participant in their frivolous amusements. After these followed the mem-

Vocabulary

це́рковь	church; chapel; place of worship; fold
церко́вный, церко́вная	church; ecclesiastic; ecclesiastical; spiritual; churchly; clerical
церко́вник	churchman; cleric; churcher
по́лный, по́лная	full; complete; absolute; perfect; stout; chubby; thorough; total; entire; all-out; blanket; utter; plenary; plump; portly; profound
наполня́ть, напо́лнить	fill; charge; flush; inundate
полне́ть, пополне́ть	grow stout; flesh; plump; pick up flesh; put on flesh; round out; gain in weight
полнота́	fullness; completeness; plentitude; corpulence; amplitude; absoluteness; entirety; obesity; volume; fat; flesh; gamut; integrity; plenitude; plumpness; portliness; rotundity; stoutness
наполне́ние	filling; inflating; ballooning

лась ста́рая ба́рская ба́рыня, рове́сница поко́йницы. Две молоды́е де́-
вушки вели́ её под ру́ки. Она́ не в си́лах была́ поклони́ться до земли́,
— и одна́ пролила́ не́сколько слёз, поцелова́в холо́дную ру́ку госпожи́
свое́й. По́сле неё Ге́рманн реши́лся подойти́ ко гро́бу. Он поклони́лся
в зе́млю и не́сколько мину́т лежа́л на холо́дном полу́, усы́панном е́ль-
ником. Наконе́ц приподня́лся, бле́ден как сама́ поко́йница, взошёл на
ступе́ни катафа́лка и наклони́лся… В э́ту мину́ту показа́лось ему́, что
мёртвая насме́шливо взгляну́ла на него́, прищу́ривая одни́м гла́зом.
Ге́рманн, поспе́шно пода́вшись наза́д, оступи́лся и на́взничь гря́нулся
об земь. Его́ по́дняли. В то же са́мое вре́мя Лизаве́ту Ива́новну вы́несли
в о́бмороке на па́перть. Э́тот эпизо́д возмути́л на не́сколько мину́т
торже́ственность мра́чного обря́да. Ме́жду посети́телями подня́лся
глухо́й ро́пот, а худоща́вый камерге́р, бли́зкий ро́дственник поко́йницы,
шепну́л на у́хо стоя́щему по́дле него́ англича́нину, что молодо́й офице́р
её побо́чный сын, на что англича́нин отвеча́л хо́лодно: Oh?

Це́лый день Ге́рманн был чрезвы́ча́йно расстро́ен. Обе́дая в уединён-
ном тракти́ре, он, про́тив обыкнове́ния своего́, пил о́чень мно́го, в на-
де́жде заглуши́ть вну́треннее волне́ние. Но вино́ ещё бо́лее горячи́ло

---

staraia barskaia bary`nia, rovesnitsa poko`initsy`. Dve molody`e devushki
veli` eyo pod ru`ki. Ona` ne v si`lakh by`la` poclonit`sia do zemli`, – i odna`
prolila` neskol`ko slyoz, potselova`v holo`dnuiu ru`ku gospozhi` svoei`. Po`sle
neyo` Germann reshi`lsia podoi`ti` ko gro`bu. On ploni`lsia v zemliu i
neskol`ko minu`t lezha`l na holo`dnom polu`, usy`pannom el`nikom. Nakonets
pripodnia`lsia, bleden kak sama` poko`initsa, vzosho`l na stupeni katafa`lka i
nacloni`lsia… V e`tu minu`tu pokaza`los` emu`, shto myo`rtvaia nasme`shlivo
vzglianu`la na nego`, prishchu`rivaia odni`m gla`zom. Germann, pospe`shno
poda`vshis` naza`d, ostupi`lsia i na`vznich` grianulsia ob zem`. Ego` po`dniali.
V to zhe sa`moe vremia Lizaveti Iva`novnu vy`nesli v o`bmoroke na pa`pert`.
E`tot e`pizo`d vozmuti`l na neskol`ko minu`t torzhe`stvennost` mra`chnogo
obria`da. Mezhdu poseti`teliami podnia`lsia gluho`i` ro`pot, a hudoshcha`vy`i`
kamerge`r, bli`zkii` ro`dstvennik poko`initsy`, shepnu`l na u`ho stoia`shchemu
po`dle nego` anglicha`ninu, shto molodo`i` ofitse`r eyo` pobo`chny`i` sy`n, na
shto anglicha`nin otvecha`l ho`lodno: Oh?

    Tsely`i` den` Germann by`l chrezvy`cha`i`no rasstro`en. Obe`daia v
uedinyo`nnom traktire, on, pro`tiv oby`knoveniia svoego`, pil o`chen`
mno`go, v nadezhde zaglushit` vnu`trennee volnenie. No vino` eshchyo`

bers of the household. Finally the old housekeeper of the same age as the deceased approached. Two young girls led her forward, supporting her by the arms. She had not strength enough to bow down to the ground–and she was the only one to shed a few tears and kiss the cold hand of her mistress. Hermann now resolved to approach the coffin. He bowed to the ground and lay for some minutes on the cold floor, strewn with fir twigs. At last he arose, as pale as the deceased herself; he ascended the steps of the cata- falque and bent down… At that moment it seemed to him that the deceased darted a mocking look at him and winked with one eye. Hermann started back, took a false step and fell face upwards to the ground. He was lifted up. At the same moment Lizaveta Ivanovna was carried out on to the porch of the church in a faint. This episode disturbed for some minutes the solemnity of the gloomy ceremony. Among the congregation arose a dull murmur, and a lank chamberlain, a close relative of the deceased, whispered in the ear of an Englishman who was standing near him, that the young officer was her illegitimate son, to which the Englishman coldly replied: "Oh?"

All that day Hermann was extremely upset. Dining in an out-of-the-way tavern, he drank a great deal of wine, contrary to his usual custom, in the hope of muffling his inner agitation. But the wine only excited his imagina-

Vocabulary

ба́рин	nobleman; landlord; master; sir; lord; toff
ба́рыня	lady; mistress; madam; fine lady
ба́рский, ба́рская	lordly; manorial; aristocratic
ба́рщина	statute labor; villein-socage; base service
рука́	hand; forearm; arm
ручно́й, ручна́я	manual; handmade; small; light; tame; wrist; hand; domestic; handheld; portable
си́ла	strength; force; might; efficacy; energy; volume; intensity; virtue; drive; greatness; vehemence; potency; vigour; effect; violence
си́льный, си́льная	strong; intense; heavy; great; strenuous; vigor- ous; violent; fierce; forceful; keen
салови́к	strongman; weightlifter; member of power min- istries; law enforcement officer
салово́й, салова́я	power; forceful; heavy; heavy-duty; heavy-load- ed; load-bearing; load-carrying

его́ воображе́ние. Возвратя́сь домо́й, он бро́сился, не раздева́ясь, на крова́ть и кре́пко засну́л.

Он просну́лся уже́ но́чью: луна́ озаря́ла его́ ко́мнату. Он взгляну́л на часы́: бы́ло без че́тверти три. Сон у него́ прошёл; он сел на крова́ть и ду́мал о похорона́х ста́рой графи́ни.

В э́то вре́мя кто-то с у́лицы загляну́л к нему́ в око́шко, – и то́тчас отошёл. Ге́рманн не обрати́л на то никако́го внима́ния. Чрез мину́ту услы́шал он, что отпира́ли дверь в пере́дней ко́мнате. Ге́рманн ду́мал, что денщи́к его́, пья́ный по своему́ обыкнове́нию, возвраща́лся с ночно́й прогу́лки. Но он услы́шал незнако́мую похо́дку: кто-то ходи́л, ти́хо ша́ркая ту́флями. Дверь отвори́лась, вошла́ же́нщина в бе́лом пла́тье. Ге́рманн при́нял её за свою́ ста́рую корми́лицу и удиви́лся, что могло́ привести́ её в таку́ю по́ру. Но бе́лая же́нщина, скользну́в, очути́лась вдруг пе́ред ним, – и Ге́рманн узна́л графи́ню!

– Я пришла́ к тебе́ про́тив свое́й во́ли, – сказа́ла она́ твёрдым го́лосом, – но мне ве́лено испо́лнить твою́ про́сьбу. Тро́йка, семёрка и туз вы́играют тебе́ сря́ду, – но с тем, что́бы ты в су́тки бо́лее одно́й ка́рты не ста́вил и чтоб во всю жизнь уже́ по́сле не игра́л. Проща́ю тебе́

---

bólee goriachílo egó voobrazhénie. Vozvratiás` domói`, on brósilsia, ne razdevaías`, na krovát` i krépko zasnúl.

On prosnúlsia uzhe nóch`iu: luná ozariála egó kómnatu. On vzglianúl na chasý: býlo bez chétverti tri. Son u negó proshól; on sel na krovát` i dúmal o pohoronákh stároi` grafíni.

V éto vrémia kto-to s úlitsy` zaglianúl k nemú v okóshko, – i tótchas otoshól. Gérmann ne obratíl na to nikakógo vnimániia. Chrez minútu uslý`shal on, shto otpiráli dver` v perédnei` kómnate. Gérmann dúmal, shto denshchík egó, p`iany`i` po svoemú oby`knovéniiu, vozvrashchálsia s nochnói` progúlki. No on uslý`shal neznakómuiu pohódku: kto-to hodíl, tího shárkaia túfliami. Dver` otvorílȧs`, voshlá zhénshchina v bélom plát`e. Gérmann prínial eyó za svoiu stáruiu kormílitsu i udivílsia, shto mogló privestí eyó v takúiu póru. No bélaia zhénshchina, skol`znúv, ochutílȧs` vdrug péred nim, – i Gérmann uznál grafíniu!

– Ya prishlá k tebé prótiv svoeí` vóli, – skazála oná tvyórdy`m gólosom, – no mne véleno ispólnit` tvoiu prós`bu. Troi`ka, semyorka i tuz vy`ígraiut tebé sriádu, – no s tem, chtóby` ty` v sútki bólee odnói` kárty` ne stávil i chtob vo vsiu zhizn` uzhé pósle ne igrál. Proshcháiu tebé moiú smert`, s

tion still more. On returning home, he threw himself upon his bed without undressing, and fell into a deep sleep.

When he woke up it was already night, and the moon was shining into the room. He looked at his watch: it was a quarter to three. Sleep had left him; he sat down upon his bed and thought of the funeral of the old Countess.

At that moment somebody in the street looked in at his window, and immediately passed on again. Hermann paid no attention. A moment later he heard the door of his ante-room open. Hermann thought that it was his orderly, drunk as usual, returning from some nocturnal expedition. But then he heard footsteps that were unknown to him: somebody was shuffling softly over the floor in slippers. The door opened, and a woman in a white dress came in. Hermann took her for his old nurse, and wondered what could bring her here at this hour. But the white woman glided across the room and stood before him—and Hermann recognised the Countess!

"I have come to you against my will," she said in a firm voice: "but I have been ordered to grant your request. Three, seven, ace, will win for you if played in succession, but only on these conditions: that you do not play more than one card in twenty-four hours, and that you never play again dur-

Vocabulary

воображе́ние	imagination; fancy; fantasy; idea; whimsy
воображáть, вообрази́ть	imagine; fancy; dream; picture; see; depicture; prefigure; conceit; conceive; make believe; visualize; picture to oneself
воображáла	smug; stuck-up; nose-in-the-air
возвращáться, возврати́ться	revert; return; be back; get back; make back; retrace one's steps; reappear; resume; step back; come back
возвраще́ние	return; restitution; reversion; redemption; repayment; recovery; refund; regress; regression; resumption; retrieval; reappearance
возврáт	return; repayment; restitution; reimbursement; refund
возврáтный, возврáтная	back; relapsing; recurrent; reactive; returned; reflex

мою́ смерть, с тем чтоб ты жени́лся на мое́й воспи́таннице Лизаве́те Ива́новне…

С э́тим сло́вом она́ ти́хо поверну́лась, пошла́ к дверя́м и скры́лась, ша́ркая ту́флями. Ге́рманн слы́шал, как хло́пнула дверь в сеня́х, и уви́дел, что кто-то опя́ть погляде́л к нему́ в око́шко.

Ге́рманн до́лго не мог опо́мниться. Он вы́шел в другу́ю ко́мнату. Денщи́к его́ спал на полу́; Ге́рманн наси́лу его́ добуди́лся. Денщи́к был пьян по обыкнове́нию: от него́ нельзя́ бы́ло доби́ться никако́го то́лку. Дверь в се́ни была́ заперта́. Ге́рманн возврати́лся в свою́ ко́мнату, засвети́л све́чку и записа́л своё виде́ние.

VI

– Ата́нде!

– Как вы сме́ли мне сказа́ть ата́нде?

– Ва́ше превосходи́тельство, я сказа́л ата́нде-с!

---

tem chtob ty` zheni´lsia na moe´i` vospi´tannitse Lizave´te Iva´novne…

S e´tim slo´vom ona´ ti´ho povernu´las`, poshla´ k dveria´m i skry´las`, sha´rkaia tu´fliami. Ge´rmann sly´shal, kak khlo´pnula dver` v senia´kh, i uvi´del, shto kto-to opia´t` pogliade´l k nemu´ v oko´shko.

Ge´rmann do´lgo ne mog opo´mnit`sia. On vy´shel v drugu´iu ko´mnatu. Denshchi´k ego´ spal na polu´; Ge´rmann nasi´lu ego´ dobudi´lsia. Denshchi´k by`l p`ian po oby`knove´niiu: ot nego´ nel`zia´ by`lo dobi´t`sia nikako´go to´lku. Dver` v se´ni by`la´ zaperta´. Ge´rmann vozvrati´lsia v svoiu´ ko´mnatu, zasveti´l sve´chku i zapisa´l svoyo´ vide´nie.

VI

– Ata´nde!

– Kak vy` sme´li mne skaza´t` ata´nde?

– Va´she prevoshodi´tel`stvo, ia skaza´l ata´nde-s!

ing the rest of your life. I forgive you my death, on condition that you marry my ward, Lizaveta Ivanovna…"

With these words she turned round quietly, walked with a shuffling gait towards the door and disappeared. Hermann heard the door in the vestibule bang, and he saw someone look in at him through the window again.

For a long time Hermann could not recover himself. He went out into the other room. His orderly was lying asleep on the floor; Hermann had much difficulty in waking him. The orderly was drunk as usual, and nothing could be obtained from him. The door in the vestibule was locked. Hermann returned to his room, lit his candle, and wrote down the details of his vision.

VI

"Attendez!"
"How dare you say attendez to me?"
"Your Excellency, I said 'attendez, sir'!"

Vocabulary

смерть	death; fatality; decease; consummation; demise; dissolution
сме́ртный, сме́ртная	mortal; deadly; fatal; capital; human
смерте́льный, смерте́льная	deathful; do-or-die; ghastly; pestilent; vital; pernicious; mortal; fatal; deadly; killing; virulent; terminal; lethal
смертоно́сный, смертоно́сная	deadly; pestilent; killing; homicidal; internecine; lethal; murderous; lethiferous; mortiferous; slaughterous; death-dealing; thanatoid
сме́ртность	mortality; death rate; mortality rate; lethality; casualty rate
жени́ться, пожени́ться	marry; espouse; get married; wed; tie the knot
жени́тьба	marriage; wedding
жени́х	fiance; bridegroom; suiter; intended; bachelor
жениха́ться	be courting

Две неподви́жные иде́и не мо́гут вме́сте существова́ть в нра́вственной приро́де, так же, как два те́ла не мо́гут в физи́ческом ми́ре занима́ть одно́ и то же ме́сто. Тро́йка, семёрка, туз – ско́ро заслони́ли в воображе́нии Ге́рманна о́браз мёртвой стару́хи. Тро́йка, семёрка, туз – не выходи́ли из его́ головы́ и шевели́лись на его́ губа́х. Уви́дев молоду́ю де́вушку, он говори́л: "Как она́ стро́йна!.. Настоя́щая тро́йка черво́нная". У него́ спра́шивали: "кото́рый час", он отвеча́л: "без пяти́ мину́т семёрка". Вся́кий пуза́стый мужчи́на напомина́л ему́ туза́. Тро́йка, семёрка, туз – пресле́довали его́ во сне, принима́я все возмо́жные ви́ды: тро́йка цвела́ пе́ред ним в о́бразе пы́шного грандифло́ра, семёрка представля́лась готи́ческими воро́тами, туз огро́мным пауко́м. Все мы́сли его́ сли́лись в одну́, – воспо́льзоваться та́йной, кото́рая до́рого ему́ сто́ила. Он стал ду́мать об отста́вке и о путеше́ствии. Он хоте́л в откры́тых игре́цких дома́х Пари́жа вы́нудить клад у очаро́ванной форту́ны. Слу́чай изба́вил его́ от хлопо́т.

В Москве́ состáвилось о́бщество бога́тых игроко́в, под председа́тель-ством сла́вного Чека́линского, прове́дшего весь век за ка́ртами и нажи́в-шего не́когда миллио́ны, выи́грывая векселя́ и прои́грывая чи́стые де́ньги. Долговре́менная о́пытность заслужи́ла ему́ дове́ренность то-

Dve nepodví`zhny`e idé`i ne mó`gut vmé`ste sushchestvovát` v nrá`vstvennoi` priró`de, tak zhe, kak dva té`la ne mó`gut v fizí`cheskom mí`re zanimát` odnó` i to zhe mé`sto. Tró`i`ka, semyórka, tuz – skó`ro zasloní`li v voobrazhé`nii Gérmanna ó`braz myórtvoi` staru`hi. Tró`i`ka, semyórka, tuz – ne vy`hodí`li iz egó` golovy` i shevelí`lis` na egó` gubá`h. Uví`dev molodú`iu dé`vushku, on govorí`l: "Kak oná` stroi`ná`!.. Nastoiá`shchaia tró`i`ka chervó`nnaia". U negó` sprá`shivali: "kotó`ry`i` chas", on otvechá`l: "bez piatí` minú`t semyórka". Vsiá`kii` puzá`sty`i` muzhchí`na napominá`l emú` tuzá`. Tró`i`ka, semyórka, tuz – preslé`dovali egó` vo sne, prinimá`ia vse vozmó`zhny`e ví`dy`: tró`i`ka tsvelá` pé`red nim v ó`braze py`shnogo grandiflóra, semyórka predstavliá`las` gotí`cheskimi voró`tami, tuz ogró`mny`m paukó`m. Vse my`sli egó` slí`lis` v odnú`, – vospó`l`zovat`sia tai`noi`, kotó`raia dó`rogo emú` stó`ila. On stal dú`mat` ob otstá`vke i o puteshé`stvii. On hoté`l v otkry`ty`kh igré`tskikh domá`kh Parí`zha vy`nudit` clad u ocharó`vannoi` fortú`ny. Slú`chai` izbá`vil egó` ot khlopó`t.

V Moskvé` sostá`vilos` ó`bshchestvo bogá`ty`kh igrokó`v, pod predseda-tel`stvom slá`vnogo Cheká`linskogo, prove`dshego ves` vek za ká`rtami i nazhí`vshego né`kogda milliό`ny`, vy`i`gry`vaia vekselia` i proi`gry`vaia chí`sty`e dén`gi. Dolgovre`mennaia ό`py`tnost` zasluzhí`la emú` dove`rennost`

Two fixed ideas can no more exist together in the moral world than two bodies can occupy one and the same place in the physical world. "Three, seven, ace," soon drove out of Hermann's mind the image of the dead old woman. "Three, seven, ace," never quitted his head and continually moved on his lips. If he saw a young girl, he would say: "How slender she is!.. Quite like the three of hearts." If anybody asked: "What is the time?" he would reply: "Five minutes to seven." Every paunchy man reminded him of the ace. "Three, seven, ace" haunted him in his sleep, and assumed all possible shapes: the three bloomed before him in the form of a magnificent grand flower, the seven was represented by a Gothic portal, and the ace became a gigantic spider. All his thoughts merged into one–to make use of the secret which had cost him dearly. He began thinking of retirement and travel. He wanted to steal a treasure from enchanted fate in the public gambling-houses of Paris. Chance spared him all this trouble.

There was in Moscow a society of rich gamblers, presided over by the celebrated Chekalinsky, who had passed all his life at cards and had amassed millions, accepting bills of exchange for his winnings and paying his losses in ready money. His long experience secured for him the confidence of

Vocabulary

идея	idea; concept; brainchild; notion; insight
идейный, идейная	ideological; ideal; committed
идейность	ideological commitment; ideologic content
идеология	ideology
идеолог	ideologist; ideologue
идеологический, идеологическая	ideologic; ideological
идеологизировать	ideologize
вместе	together; along with; in conjunction; coupled with; hand in hand
существовать	exist; subsist; live; breathe
существование	existence; subsistence; being; essence; life
существенный, существенная	essential; substantial; fundamental; integral; material; constituent; intrinsic; intrinsical; vital; constitutive; important; significant; considerable
существо	creature; essence; subject matter; subject; entity

варищей, а открытый дом, славный повар, ласковость и весёлость приобрели уважение публики. Он приехал в Петербург. Молодёжь к нему нахлынула, забывая балы для карт и предпочитая соблазны фараона обольщениям волокитства. Нарумов привёз к нему Германна.

Они прошли ряд великолепных комнат, наполненных учтивыми официантами. Несколько генералов и тайных советников играли в вист; молодые люди сидели, развалясь на штофных диванах, ели мороженое и курили трубки. В гостиной за длинным столом, около которого теснилось человек двадцать игроков, сидел хозяин и метал банк. Он был человек лет шестидесяти, самой почтенной наружности; голова покрыта была серебряной сединою; полное и свежее лицо изображало добродушие; глаза блистали, оживлённые всегдашнею улыбкою. Нарумов представил ему Германна. Чекалинский дружески пожал ему руку, просил не церемониться и продолжал метать.

Талья длилась долго. На столе стояло более тридцати карт. Чекалинский останавливался после каждой прокидки, чтобы дать играющим время распорядиться, записывал проигрыш, учтиво вслушивался в их требования, ещё учтивее отгибал лишний угол, загибаемый рассеян-

---

továrishchei`, a otkrý ty`i` dom, slávny`i` póvar, láskovost` i vesyólost` priobrelí uvazhénie pú bliki. On priéhal v Peterburg. Molodyózh` k nemú nakhly`nula, zaby`vaia baly` dlia kart i predpochitáia soblázny` faraóna obol`shchéniiam volokítstva. Narúmov privyóz k nemú Germanna.

Oní proshlí riad velikolépny`kh kómnat, napólnenny`kh uchtívy`mi ofitsiántami. Néskol`ko generálov i taí`ny`kh sovétnikov igráli v vist; molodý`e liúdi sidéli, razvaliás` na shtófny`kh divánakh, éli morózhenoe i kurí li trúbki. V gostínoi` za dlínny`m stolóm, ókolo kotórogo tesní los` chelovék dvádtsat` igrokóv, sidél hoziáin i metál bank. On by`l chelovék let shestídesiati, sámoi` pochténnoi` narúzhnosti; golová pokrý ta by`lá serébrianoi` sedinóiu; pólnoe i svézhee litsó izobrazhálo dobrodúshie; glazá blistáli, ozhivlyónny`e vsegdáshneiu uly`bkóiu. Narúmov predstávil emú Germanna. Cheká linskii` drúzheski pozhál emú rúku, prosíl ne tseremónit`sia i prodolzhál metát`.

Tál`ia dlí las` dólgo. Na stolé stoiálo bólee tridtsatí kart. Cheká linskii` ostanávlivalsia pósle kázhdoi` prokídki, chtóby` dat` igráiushchim vrémia rasporiadít`sia, zapísy`val próigry`sh, uchtívo vslúshivalsia v ikh trébovaniia, eshchyó uchtívee otgibál líshnii` úgol, zagibáemy`i`

his companions, and his open house, famous cook, affability and vivacity gained for him the respect of the public. He came to St. Petersburg. The young men flocked to him, forgetting balls for cards, and preferring the lure of faro to the seductions of flirting. Narumov brought Hermann to him.

They passed through a suite of magnificent rooms, filled with attentive waiters. A number of generals and privy counsellors were playing whist; young men were lolling carelessly on the brocade sofas, eating ice-cream and smoking pipes. In the drawing-room, at the head of a long table, around which crowded about a score of players, sat the host keeping the bank. He was a man of about sixty, of a most respectable appearance; his head was covered with silvery-white hair; his full, fresh face expressed good nature, and his eyes sparkled, animated by a perpetual smile. Narumov introduced Hermann to him. Chekalinsky shook him by the hand in a friendly manner, requested him not to stand on ceremony, and then went on dealing.

The game was long. On the table lay more than thirty cards. Chekalinsky paused after each throw, in order to give the players time to make their arrangements; he noted down their losses, listened politely to their requests, and more politely still, put straight the corners of cards bent by an absent-

Vocabulary

откры́тый, открытая	open; public; free; direct; patent; uncovered; unclosed; expansive; frank; hospitable; naked; outright; overt; above-board; professed; fair and square; card-carrying; confessed; fenceless; open-door; overground
откры́тие	revelation; opening; inauguration; finding; detection; invention; breakthrough; disclosure; find; unveiling; discovery
открыва́тель, открыва́тельница	discoverer; opener
открыва́шка	bottle opener
сла́вный, сла́вная	famous; glorious; nice; capital; dandy; decent; jolly; dear; pleasant; lovely; honoured
сла́ва	glory; fame; renown; reputation; repute; hail; long live; honour; lustre
сла́вить	glorify; praise; extol; carol

ною рукою. Наконец талья кончилась. Чекалинский стасовал карты и приготовился метать другую.

– Позвольте поставить карту, – сказал Германн, протягивая руку из-за толстого господина, тут же понтировавшего. Чекалинский улыбнулся и поклонился, молча, в знак покорного согласия. Нарумов, смеясь, поздравил Германна с разрешением долговременного поста и пожелал ему счастливого начала.

– Идёт! – сказал Германн, надписав мелом куш над своею картою.

– Сколько-с? – спросил, прищуриваясь, банкомёт, – извините-с, я не разгляжу.

– Сорок семь тысяч, – отвечал Германн.

При этих словах все головы обратились мгновенно, и все глаза устремились на Германна. – Он с ума сошёл! – подумал Нарумов.

– Позвольте заметить вам, – сказал Чекалинский с неизменной своею улыбкою, – что игра ваша сильна: никто более двухсот семидесяти пяти семпелем здесь ещё не ставил.

– Что ж? – возразил Германн, – бьёте вы мою карту или нет?

Чекалинский поклонился с видом того же смиренного согласия.

---

rasseiannoiu rukoiu. Nakonets tal`ia konchilas`. Chekalinskii` stasoval karty` i prigotovilsia metat` druguiu.

– Pozvol`te postavit` kartu, – skazal Germann, protiagivaia ruku iz-za tolstogo gospodina, tut zhe pontirovavshego. Chekalinskii` uly`bnulsia i poclonilsia, molcha, v znak pokornogo soglasiia. Narumov, smeias`, pozdravil Germanna s razresheniem dolgovremennogo posta i pozhelal emu schastlivogo nachala.

– Idyot! – skazal Germann, nadpisav melom kush nad svoeiu kartoiu.

– Skol`ko-s? – sprosil, prishchurivaias`, bankomyot, – izvinite-s, ia ne razgliazhu.

– Sorok sem` ty`siach, – otvechal Germann.

Pri e`tikh slovakh vse golovy` obratilis` mgnovenno, i vse glaza ustremilis` na Germanna. – On s uma soshol! – podumal Narumov.

– Pozvol`te zametit` vam, – skazal Chekalinskii` s neizmennoi` svoeiu uly`bkoiu, – shto igra vasha sil`na: nikto bolee dvukhsot semidesiati piati sempelem zdes` eshchyo ne stavil.

– Shto zh? – vozrazil Germann, – b`yote vy` moiu kartu ili net?

Chekalinskii` poclonilsia s vidom togo zhe smirennogo soglasiia.

minded hand. At last the game was finished. Chekalinsky shuffled the cards and prepared to deal again.

"Allow me to bet on a card," said Hermann, stretching out his hand from behind a stout gentleman who was punting. Chekalinsky smiled and bowed silently, as a sign of acquiescence. Narumov, laughing, congratulated Hermann on abandoning his long standing fast and wished him a lucky beginning.

"Stake!" said Hermann, writing his bet with chalk above the card.

"How much?" asked the banker, straining his eyes; "excuse me, I cannot make it out."

"Forty-seven thousand," replied Hermann.

At these words every head turned instantly, and all eyes were fixed upon Hermann. "He's gone mad!" thought Narumov.

"Allow me to point out," said Chekalinsky, with his eternal smile, "that you are playing very high; nobody here has ever staked more than two hundred and seventy-five at once."

"Well," retorted Hermann; "do you accept my card or not?"

Chekalinsky bowed, demonstrating the same quiet acquiescence.

Vocabulary

наконе́ц	finally; at length; at last; in the end; after all
ко́нчиться, конча́ться	die; end; expire; finish; stop; give out; result in; give off; come to an end
ко́нчить, конча́ть	close; end; finish; stop; be through; complete; get through; climax; shoot off
ко́нченый, ко́нченая	burnt-out; down-at-heel; washed-up
коне́ц	end; close; finish; tip; termination; bottom; closing; consummation; death; decline
коне́чный, коне́чная	finite; final; terminal; ultimate; eventual; ending
гото́виться, пригото́виться	get ready; prepare; study; shape up; prep; warm up; be in the making; make preparations
гото́вность	readiness; willingness; alacrity; form; preparedness; promptitude; aptitude; consent
гото́вка	cooking

– Я хоте́л то́лько вам доложи́ть, – сказа́л он, – что, бу́дучи удосто́ен дове́ренности това́рищей, я не могу́ мета́ть ина́че, как на чи́стые де́ньги. С мое́й стороны́ я коне́чно уве́рен, что дово́льно ва́шего сло́ва, но для поря́дка игры́ и счётов прошу́ вас поста́вить де́ньги на ка́рту.

Ге́рманн вы́нул из карма́на ба́нковый биле́т и пода́л его́ Чека́линско-му, кото́рый, бе́гло посмотре́в его́, положи́л на Ге́рманнову ка́рту.

Он стал мета́ть. Напра́во легла́ девя́тка, нале́во тро́йка.

– Вы́играла! – сказа́л Ге́рманн, пока́зывая свою́ ка́рту.

Ме́жду игрока́ми подня́лся шёпот. Чека́линский нахму́рился, но улы́бка то́тчас возврати́лась на его́ лицо́.

– Изво́лите получи́ть? – спроси́л он Ге́рманна.

– Сде́лайте одолже́ние.

Чека́линский вы́нул из карма́на не́сколько ба́нковых биле́тов и то́тчас расчёлся. Ге́рманн при́нял свои́ де́ньги и отошёл от стола́. Нару́мов не мог опо́мниться. Ге́рманн вы́пил стака́н лимона́ду и отпра́вился домо́й.

На друго́й день ве́чером он опя́ть яви́лся у Чека́линского. Хозя́ин мета́л. Ге́рманн подошёл к столу́; понтёры то́тчас да́ли ему́ ме́сто. Чека́линский ла́сково ему́ поклони́лся.

_____

– Ya hote´l to´l`ko vam dolozhi´t`, – skaza´l on, – shto, bu´duchi udosto´en dove´rennosti tova´rishchei`, ia ne mogu´ meta´t` ina´che, kak na chi´sty`e den`gi. S moe´i` storony´ ia kone´chno uve´ren, shto dovo´l`no va´shego slo´va, no dlia poria´dka igry´ i schyo´tov proshu´ vas postavi´t` den`gi na ka´rtu.

Ge´rmann vy´nul iz karma´na ba´nkovy`i` bile´t i poda´l ego´ Cheka´linskomu, kotory`i`, be´glo posmotre´v ego´, polozhi´l na Ge´rmannovu ka´rtu.

On stal meta´t`. Napra´vo legla´ devia´tka, nale´vo tro´i`ka.

– Vy´igrala! – skaza´l Ge´rmann, poka´zy`vaia svoiu´ ka´rtu.

Me´zhdu igroka´mi podnia´lsia shyo´pot. Cheka´linskii` nakhmu´rilsia, no uly´bka to´tchas vozvrati´las` na ego´ litso´.

– Izvo´lite poluchi´t`? – sprosi´l on Ge´rmanna.

– Sde´lai`te odolzhe´nie.

Cheka´linskii` vy´nul iz karma´na ne´skol`ko ba´nkovy`kh bile´tov i to´tchas raschyo´lsia. Ge´rmann pri´nial svoi´ den`gi i otoshо´l ot stola´. Naru´mov ne mog opо´mnit`sia. Ge´rmann vy´pil staka´n limona´du i otpravi´lsia domо´i`.

Na drugo´i` den` ve´cherom on opia´t` iavi´lsia u Cheka´linskogo. Hozia´in meta´l. Ge´rmann podoshо´l k stolu´; pontyo´ry` to´tchas da´li emu´ me´sto. Cheka´linskii` la´skovo emu´ pokloni´lsia.

"I only wish to tell you," he said, "that in view of the trust my friends have placed in me, I can only play against ready money. For my own part, I am, of course, convinced that your word is sufficient, but for the sake of the order of the game and the accounts, I ask you to put the money on the card."

Hermann drew from his pocket a banknote and handed it to Chekalinsky, who, after examining it in a cursory manner, placed it on Hermann's card.

He began to deal. On the right a nine turned up, and on the left a three.

"I have won!" said Hermann, showing his card.

A murmur arose among the players. Chekalinsky frowned, but the smile immediately returned to his face.

"Do you wish to take the money now?" he asked Hermann.

"If you please."

Chekalinsky drew from his pocket a number of banknotes and paid at once. Hermann took his money and left the table. Narumov could not recover from his astonishment. Hermann drank a glass of lemonade and went home.

The next evening he again appeared at Chekalinsky's. The host was dealing. Hermann walked up to the table; the punters immediately made room for him. Chekalinsky greeted him with a gracious bow.

Vocabulary

хоте́ть, захоте́ть	want; wish; will; care; choose; desire; love; please; feel like
хоте́ние	volition; wish
то́лько	only; but; alone; as late as; barely; as little as; merely; nothing but; solely
то́лько что	a moment ago; just; just now; but just; only just; this moment; a moment before
доложи́ть, докла́дывать	announce; report; tell; render an account; blow the whistle on; make a report
докла́д	report; lecture; contribution; account; discourse; advisory; talk; announcement; statement; presentation
докла́дчик, докла́дчица	lecturer; reporter; spokesperson; contributor; speaker; talker
коне́чно	of course; certainly; you bet; by all means; surely; assuredly; sure!; clearly; naturally

Германн дождался новой тальи, поставил карту, положив на неё свои сорок семь тысяч и вчерашний выигрыш.

Чекалинский стал метать. Валет выпал направо, семёрка налево.

Германн открыл семёрку.

Все ахнули. Чекалинский видимо смутился. Он отсчитал девяносто четыре тысячи и передал Германну. Германн принял их с хладнокровием и в ту же минуту удалился.

В следующий вечер Германн явился опять у стола. Все его ожидали. Генералы и тайные советники оставили свой вист, чтоб видеть игру, столь необыкновенную. Молодые офицеры соскочили с диванов; все официанты собрались в гостиной. Все обступили Германна. Прочие игроки не поставили своих карт, с нетерпением ожидая, чем он кончит. Германн стоял у стола, готовясь один понтировать противу бледного, но всё улыбающегося Чекалинского. Каждый распечатал колоду карт. Чекалинский стасовал. Германн снял и поставил свою карту, покрыв её кипой банковых билетов. Это похоже было на поединок. Глубокое молчание царствовало кругом.

Germann dozhdálsia nóvoĭ tál'i, postavil kártu, polozhíˈv na neyó svoí sórok sem' tyˈsiach i vcheráshniĭ vyˈigryˈsh.

Chekálinskiĭ stal metát'. Valét vyˈpal naprávo, semyórka nalévo.

Germann otkryˈl semyórku.

Vse ákhnuli. Chekálinskiĭ vídimo smutílsia. On otschitál devianósto chetyˈre tyˈsiachi i peredál Germannu. Germann prínial ikh s khladno-króviem i v tu zhe minútu udalílsia.

V sléduiushchiĭ vécher Germann iavílsia opiát' u stola. Vse egó ozhidáli. Generály i taĭ nyˈe sovétniki ostávili svoiˈ vist, chtob vídet' igrú, stol' neobyˈknovénnuiu. Molodyˈe ofitserýˈ soskochíli s divánov; vse ofitsiántyˈ sobralis' v gostínoiˈ. Vse obstupíli Germanna. Próchie igrokíˈ ne postávili svoíkh kart, s neterpéniem ozhidáia, chem on kónchit. Germann stoiál u stola, gotóvias' odín pontírovat' prótivu blédnogo, no vsyo ulyˈ baiushchegosia Chekálinskogo. Kázhdyˈ iˈ raspechátal kolódu kart. Chekálinskiĭ stasovál. Germann snial i postávil svoiu kártu, pokryˈv eyó kípoiˈ bánkovyˈkh bilétov. Eˈto pohózhe byˈlo na poedínok. Glubóˈkoe molchánie tsárstvovalo krugóm.

Hermann waited for the next deal, put down a card and placed upon it his forty-seven thousand together with his winnings of the previous evening.

Chekalinsky began to deal. A knave turned up on the right, a seven on the left.

Hermann showed his seven.

There was a general exclamation. Chekalinsky was evidently ill at ease. He counted out ninety-four thousand and handed it over to Hermann. Hermann pocketed them in the coolest manner possible and immediately left the house.

The next evening Hermann appeared again at the table. Everyone was expecting him. The generals and privy counsellors left their whist in order to watch such extraordinary play. The young officers jumped up from the sofas, and all the waiters gathered in the drawing-room. All pressed round Hermann. The other players did not put down their cards, impatient to see how it would end. Hermann stood at the table and prepared to play alone against the pale, but still smiling Chekalinsky. Each unsealed a pack of cards. Chekalinsky shuffled. Hermann cut the deck and placed his card, covering it with a pile of banknotes. It was like a duel. Deep silence reigned around.

Vocabulary

дожда́ться, дожида́ться	wait; await; be waiting for; see sth. come true
но́вый, но́вая	new; modern; advanced; emergent; fresh; latter-day; mint; new-built; new-made; novel; original; recent
новизна́	novelty; originality; newness; modernity
но́вость	news; news item; novelty; piece of news; the latest thing; tidings
обнови́ть, обновля́ть	renew; renovate; novelize; bring up to date; revamp; vivify; freshen; refresh; update; upgrade
обно́ва	new thing; novelty; new outfit; new acquisition
обновле́ние	renewal; renovation; instauration; vivification; updating; modernization; rejuvenation; upgrade
вы́игрыш	win; gain; prize; profit; advantage; winning; gainings; scoring
вы́игрышный	winning; advantageous; profitable; beneficial

Чека́линский стал мета́ть, ру́ки его́ трясли́сь. Напра́во легла́ да́ма, нале́во туз.

– Туз вы́играл! – сказа́л Ге́рманн и откры́л свою́ ка́рту.

– Да́ма ва́ша уби́та, – сказа́л ла́сково Чека́линский.

Ге́рманн вздро́гнул: в са́мом де́ле, вме́сто ту́за у него́ стоя́ла пи́ковая да́ма. Он не ве́рил свои́м глаза́м, не понима́я, как мог он обдёрнуться.

В э́ту мину́ту ему́ показа́лось, что пи́ковая да́ма прищу́рилась и усмехну́лась. Необыкнове́нное схо́дство порази́ло его́…

– Стару́ха! – закрича́л он в у́жасе.

Чека́линский потяну́л к себе́ прои́гранные биле́ты. Ге́рманн стоя́л неподви́жно. Когда́ отошёл он от стола́, подня́лся шу́мный го́вор. – Сла́вно спонти́ровал! – говори́ли игроки́. – Чека́линский сно́ва стасова́л ка́рты: игра́ пошла́ свои́м чередо́м.

Cheká linskii` stal metát`, rúki egó triaslís`. Naprávo leglá dáma, nalévo tuz.

– Tuz vy´igral! – skazál Germann i otkrý l svoiú kártu.

– Dáma vásha ubíta, – skazál láskovo Cheká linskii`.

Germann vzdrógnul: v sámom déle, vmésto túza u negó stoiála pí kovaia dáma. On ne véril svoím glazám, ne ponimáia, kak mog on obdyórnut`sia.

V e´tu minútu emú pokazálos`, shto pí kovaia dáma prishchúrilas` i usmekhnúlas`. Neoby`knovénnoe shódstvo parazí lo egó…

– Starúha! – zakrichál on v úzhase.

Cheká linskii` potianúl k sebé proígranny`e biléty`. Germann stoiál nepodví zhno. Kogdá otoshól on ot stolá, podniálsia shúmny`i` góvor. – Slávno spontíroval! – govorí li igrokí. – Cheká linskii` snóva stasoválkárty`: igrá poshlá svoím cheredóm.

Chekalinsky began to deal; his hands trembled. On the right a queen turned up, and on the left an ace.

"Ace has won!" said Hermann, showing his card.

"Your queen has been beaten," said Chekalinsky gently.

Hermann started; indeed, instead of an ace, there lay before him the queen of spades. He could not believe his eyes, nor could he understand how he had made such a mistake.

At that moment it seemed to him that the queen of spades winked and smiled. He was struck by the remarkable resemblance...

"The old woman!" he cried in horror.

Chekalinsky drew in the lost banknotes. Hermann stood motionless. When he walked away from the table, a noisy chatter rose up. "Splendidly punted!" said the players. Chekalinsky again shuffled the cards; the game went on as usual.

Vocabulary

мета́ть, метну́ть	sling; throw; bring forth; dart; cast; pitch; catapult; launch; toss; spray out; drop; litter; deal
мета́ние	cast; toss; projection; put; casting; dart; hurling; jaculation; launching
мета́тель, мета́тельница	darter; flinger; thrower
мета́ться, замета́ться	lash; tear around; beat up and down; dart; rage; flutter; flounce; toss about; toss and turn; flounder; jerk; rush about; tumble; thrash about; beat about; dartle; tear about; tousle
трясти́сь, затрясти́сь	quake; quiver; rock; shake; shiver; totter; tremble; joggle; hotter; jiggle; jitter
трясти́, затрясти́	shake; jolt; agitate; jiggle; jog; joggle; jounce; jump; rock; rattle; throw about; shake down
тря́ска	quake; vibration; shaking; wobble; tremble
трясу́н	jerker; Pentecostal Movement member

Заключе́ние

Ге́рманн сошёл с ума́. Он сиди́т в Обу́ховской больни́це в 17-м
ну́мере, не отвеча́ет ни на каки́е вопро́сы и бормо́чет необыкнове́нно
ско́ро: "Тро́йка, семёрка, туз! Тро́йка, семёрка, да́ма!.."

Лизаве́та Ива́новна вы́шла за́муж за о́чень любе́зного молодо́го чело-
ве́ка; он где́-то слу́жит и име́ет поря́дочное состоя́ние: он сын бы́вшего
управи́теля у ста́рой графи́ни. У Лизаве́ты Ива́новны воспи́тывается
бе́дная ро́дственница.

То́мский произведён в ро́тмистры и же́нится на княжне́ Поли́не.

Zacliuchénie

Gérmann soshól s umá. On sidít v Obúhovskoi` bol`nítse v 17-m númere,
ne otvecháet ni na kakíe voprósy` i bormóchet neoby`knovénno skóro:
"Trói`ka, semyórka, tuz! Trói`ka, semyórka, dáma!.."

Lizavéta Ivánovna výshla zámuzh za ́ochen` liubéznogo molodógo
chelovéka; on gde-to slúzhit i iméet poriádochnoe sostoiánie: on sýn
bývshego upravítelia u staroi` grafíni. U Lizavéty` Ivánovny` vospíty`vaetsia
bédnaia ródstvennitsa.

Tómskii` proizvedyón v rótmistry` i zhénitsia na kniazhné Políne.

Conclusion

Hermann went out of his mind. He is now confined in Room 17 of the Obukhov Hospital. He never answers any questions and mutters with unusual rapidity: "Three, seven, ace! Three, seven, queen!.."

Lizaveta Ivanovna has married a very amiable young man, a son of the former steward of the old Countess; he is in the service somewhere and has a decent fortune. Lizaveta Ivanovna is bringing up a poor female relative.

Tomsky has been promoted to cavalry captain and will marry Princess Pauline.

Vocabulary

сойти́, сходи́ть	go down; descend; get off; come off; run off; leave; pass; step down
сойти́ с ума́	go mad; go out of mind; become insane; lose mind; go crazy; go mental; take leave of one's senses
ну́мер *(устаре́вшая фо́рма)*, но́мер	number; size; room; item; tag; plate; event; turn; act; issue
бормота́ть, забормота́ть	murmur; mutter; babble; gabble; mumble; jabber; sputter; stammer; gibber

Вы́стрел

Стреля́лись мы.
Баратынский.

Я покля́лся застрели́ть его́ по пра́ву дуэ́ли
(за ним оста́лся ещё мой вы́стрел).
Ве́чер на бивуа́ке.

I

Мы стоя́ли в месте́чке ***. Жизнь арме́йского офице́ра изве́стна. У́тром уче́нье, мане́ж; обе́д у полково́го команди́ра и́ли в жи-до́вском тракти́ре; ве́чером пунш и ка́рты. В *** не́ было ни одного́ откры́того до́ма, ни одно́й неве́сты; мы собира́лись друг у дру́га, где, кро́ме свои́х мунди́ров, не вида́ли ничего́.

Оди́н то́лько челове́к принадлежа́л на́шему о́бществу, не бу́дучи вое́нным. Ему́ бы́ло о́коло тридцати́ пяти́ лет, и мы за то почита́ли его́

Výstrel

Streliális` mỳ.
Baratýnskii`.

Ya pocliálsia zastrelít` egó po právu duéli
(za nim ostálsia eshchyó moi` výstrel).
Vécher na bivuáke.

I

Mỳ stoiáli v mestéchke ***. Zhizn` arméi`skogo ofitséra izvéstna. Út-rom uchén`e, manézh; obéd u polkovógo komandíra íli v zhidóvskom traktíre; vécherom punsh i kártỳ. V *** né bỳlo ni odnógo otkrýtogo dóma, ni odnói` nevéstỳ; mỳ sobirális` drug u drúga, gde, króme svoíkh mundírov, ne vidáli nichegó.

Odín tól`ko chelovék prinadlezhál náshemu óbshchestvu, ne búduchi voénnỳm. Emú bỳlo ókolo tridtsatí piatí let, i mỳ za to pochitáli egó

The Shot

We fought a duel.
Baratynsky.

I vowed to kill him according to the rules of duelling
(I still had my turn to shoot).
An Evening on Bivouac.

I

We were stationed in the little town of ***. The life of an army officer is well known. In the morning, drill and the riding-school; dinner with the regimental commander or at a Jewish restaurant; in the evening, punch and cards. In *** there was not one open house, not a single marriageable girl. We used to meet in each other's rooms, where, except our uniforms, we never saw anything.

There was only one man belonging to our society who wasn't in the military. He was about thirty- five years old, and therefore we looked upon him

Vocabulary

вы́стрел	shot; report; pop; round; discharge
стреля́ть, вы́стрелить	shoot; fire; feel acute pains; stab
стреля́ть сигаре́ты	bum cigarettes
стреля́ться	duel; fight a duel
стрельба́	shooting; firing; shoot; gunfire; gunnery
стрело́к	shooter; shot; gun; gunner
стрелко́вый, стрелко́вая	shooting; rifle; infantry
стреле́ц	soldier (in the Russian army in the 16th-17th centuries); Sagittarius
кля́сться, покля́сться	swear; vow; oath; cross heart; give an oath; swear an oath
кля́тва	oath; swear; adjuration; vow
кля́твенный, кля́твенная	juratory; sacramental; votal; sworn; solemn

стариком. Опытность давала ему перед нами многие преимущества; к тому же его обыкновенная угрюмость, крутой нрав и злой язык имели сильное влияние на молодые наши умы. Какая-то таинственность окружала его судьбу; он казался русским, а носил иностранное имя. Некогда он служил в гусарах, и даже счастливо; никто не знал причины, побудившей его выйти в отставку и поселиться в бедном местечке, где жил он вместе и бедно и расточительно: ходил вечно пешком, в изношенном чёрном сюртуке, а держал открытый стол для всех офицеров нашего полка. Правда, обед его состоял из двух или трёх блюд, изготовленных отставным солдатом, но шампанское лилось притом рекою. Никто не знал ни его состояния, ни его доходов, и никто не осмеливался о том его спрашивать. У него водились книги, большею частию военные, да романы. Он охотно давал их читать, никогда не требуя их назад; зато никогда не возвращал хозяину книги, им занятой. Главное упражнение его состояло в стрельбе из пистолета. Стены его комнаты были все источены пулями, все в скважинах, как соты пчелиные. Богатое собрание пистолетов было единственной роскошью бедной мазанки, где он жил. Искусство, до коего достиг он,

---

starikóm. Ópy`tnost` davála emú péred námi mnógie preimúshchestva; k tomú zhe egó oby`knovénnaia ugriúmost`, krutói` nrav i zloi` iazy`k iméli síl`noe vliiánie na molodý`e náshi umý`. Kakáia-to taínstvennost` okruzhála egó sud`bú; on kazálsia rússkim, a nosíl inostránnoe ímia. Nékogda on sluzhíl v gusárakh, i dázhe schástlivo; niktó ne znal prichíny`, pobudívshei` egó vý`i`ti v otstávku i poselít`sia v bédnom mestéchke, gde zhil on vméste i bédno i rastochítel`no: hodíl véchno peshkóm, v iznóshennom chyórnom siurtuké, a derzhál otkrý`tý`i` stol dlia vsekh ofitsérov náshego polká. Právda, obéd egó sostoiál iz dvukh íli tryokh bliud, izgotóvlenny`kh otstavný`m soldátom, no shampánskoe lilós` pritóm rekóiu. Niktó ne znal ni egó sostoiániia, ni egó dohódov, i niktó ne osmélivalsia o tom egó spráshivat`. U negó vodílis` knígi, ból`sheiu chástiiu voénny`e, da romány`. On ohótno davál ikh chitát`, nikogdá ne trébuia ikh nazád; zató nikogdá ne vozvrashchál hoziáinu knígi, im zániatoi`. Glávnoe uprazhnénie egó sostoiálo v strel`bé iz pistoléta. Stény` egó kómnaty` bý`li vse istócheny` púliami, vse v skvázhinakh, kak sóty` pchelíny`e. Bogátoe sobránie pistolétov bý`lo edínstvennoi` róskosh`iu bédnoi` mázanki, gde on zhil. Iskússtvo, do kóego dostíg on, bý`lo neimovérno, i ésli b on vý`zvalsia

as an old fellow. His experience gave him great advantage over us, and his habitual taciturnity, stern disposition, and caustic tongue produced a strong impression upon our young minds. Some mystery surrounded his existence; he had the appearance of a Russian, although his name was a foreign one. He had formerly served in the Hussars, and with distinction. Nobody knew the cause that had induced him to retire from the service and settle in a wretched little village, where he lived poorly and, at the same time, extravagantly. He always went on foot, and wore a shabby black overcoat, but the officers of our regiment were ever welcome at his table. His dinners, it is true, never consisted of more than two or three dishes, prepared by a retired soldier, but the champagne flowed like water. Nobody knew the amount of his fortune, or what his income was, and nobody dared to ask him about them. He had a collection of books, consisting chiefly of works on military matters and a few novels. He willingly lent them to us to read, and never asked for them back; on the other hand, he never returned to the owner the books that were lent to him. His principal amusement was shooting with a pistol. The walls of his room were riddled with bullets, and were as full of holes as a honeycomb. A rich collection of pistols was the only luxury in the humble mud hut where he lived. The skill which he had acquired was

Vocabulary

опытность	experience; know-how; background; sophistication; skill; proven record; qualifications
опыт	experiment; trial; attempt; experience; know-how; background; essay; sophistication; skill; proven record; qualifications
опытный, опытная	experiment; experienced; sophisticated; tentative; expert; practised; versed; veteran; wordly-wise; proficient; skilful; accomplished; dexterous; dextrous; empiristic; seasoned; shrewd
давать, дать	present; show; give; let; bestow; take; pledge; make; afford; furnish; grant; lend; supply; yield; contribute; allow; impart; pass; produce; provide
дача	giving; feed; chalet; summer cottage; summer residence; summerhouse; datcha
данный, данная	actual; given; involved; present; current
данные	data; facts; statistics; material; evidence

было неимоверно, и если б он вызвался пулей сбить грушу с фуражки кого б то нибыло, никто б в нашем полку не усомнился подставить ему своей головы. Разговор между нами касался часто поединков; Сильвио (так назову его) никогда в него не вмешивался. На вопрос, случалось ли ему драться, отвечал он сухо, что случалось, но в подробности не входил, и видно было, что таковые вопросы были ему неприятны. Мы полагали, что на совести его лежала какая-нибудь несчастная жертва его ужасного искусства. Впрочем, нам и в голову не приходило подозревать в нём что-нибудь похожее на робость. Есть люди, коих одна наружность удаляет таковые подозрения. Нечаянный случай всех нас изумил.

Однажды человек десять наших офицеров обедали у Сильвио. Пили по обыкновенному, то есть очень много; после обеда стали мы уговаривать хозяина прометать нам банк. Долго он отказывался, ибо никогда почти не играл; наконец велел подать карты, высыпал на стол полсотни червонцев и сел метать. Мы окружили его, и игра завязалась. Сильвио имел обыкновение за игрою хранить совершенное молчание, никогда не спорил и не объяснялся. Если понтёру случалось обсчитаться, то он тотчас или доплачивал достальное, или записывал

---

pulei` sbit` grushu s furazhki kogo b to ni`by`lo, nikto b v nashem polku` ne usomni`lsia podstavit` emu svoei` golovy`. Razgovor mezhdu nami kasalsia chasto poedinkov; Sil`vio (tak nazovu ego) nikogda v nego ne vmeshivalsia. Na vopros, sluchalos` li emu drat`sia, otvechal on suho, shto sluchalos`, no v podrobnosti ne vhodil, i vidno by`lo, shto takovy`e voprosy` by`li emu nepriiatny`. My` polagali, shto na sovesti ego lezhala kakaia-nibud` neschastnaia zhertva ego uzhasnogo iskusstva. Vprochem, nam i v golovu ne prihodilo podozrevat` v nyom shto-nibud` pohozhee na robost`. Est` liudi, koikh odna naruzhnost` udaliaet takovy`e podozreniia. Nechaianny`i` sluchai` vsekh nas izumil.

Odnazhdy` chelovek desiat` nashikh ofitserov obedali u Sil`vio. Pi`li po oby`knovennomu, to est` ochen` mnogo; posle obeda stali my` ugovarivat` hoziaina prometat` nam bank. Dolgo on otkazy`valsia, ibo nikogda pochti ne igral; nakonets velel podat` karty`, vy`sy`pal na stol polsotni chervontsev i sel metat`. My` okruzhili ego, i igra zaviazalas`. Sil`vio imel oby`knovenie za igroiu khranit` sovershennoe molchanie, nikogda ne sporil i ne ob``iasnialsia. Esli pontyoru sluchalos` obschitat`sia, to on totchas ili doplachival dostal`noe, ili zapisy`val lishnee. My` uzh e`to znali i ne meshali emu hoziai`nichat` po-svoemu; no mezhdu nami nahodilsia ofitser,

simply incredible: and if he had offered to shoot a pear off somebody's cap, not a man in our regiment would have hesitated to risk his head. Our conversation often turned upon duels. Silvio—so I will call him— never joined in it. When asked if he had ever fought, he dryly replied that he had; but he entered into no particulars, and it was evident that such questions were not to his liking. We assumed that he had upon his conscience some unhappy victim of his terrible skill. Besides, it never even occurred to us to suspect him of anything like cowardice. There are persons whose mere appearance is sufficient to remove such a suspicion. But an unexpected incident astounded us all.

One day, about ten of our officers dined with Silvio. We drank as usual, that is to say, a great deal. After dinner we began asking our host to hold the bank for us. For a long time he refused, for he hardly ever played, but at last he ordered cards to be brought, poured out half a hundred ten-rouble coins upon the table, and sat down to deal. We took our places round him, and the play began. It was Silvio's custom to preserve a complete silence when playing. He never disputed, and never entered into explanations. If the punter made a mistake in calculating, he immediately paid him the difference or noted down the surplus. We knew this by now, and we never

Vocabulary

неимове́рный, неимове́рная	incredible; unbelievable; beyond belief
вы́зваться, вызыва́ться	step forward; volunteer; offer
вызыва́ться	arise from; be caused by; be brought about by; be due to; result from; stem
вы́звать, вызыва́ть	call; entail; induce; give rise to; arouse; breed; cause; challenge; convene; create; dare; draw; elicit; engender; evoke; excite; fetch; generate; involve; move; occasion; produce; prompt; provoke; raise; summon; trigger; bring about
вы́зов	invitation; challenge; call; summons
вызыва́ющий, вызыва́ющая	provoking; defiant; provocative; offending; insolent; extravagant; confrontational
сбить, сбива́ть	knock down; overthrow; shoot down; whip; beat up; churn; mix; knock; bowl over; bring down

ли́шнее. Мы уж э́то зна́ли и не меша́ли ему́ хозя́йничать по-сво́ему; но ме́жду на́ми находи́лся офице́р, неда́вно к нам переведённый. Он, игра́я тут же, в рассе́янности загну́л ли́шний у́гол. Си́львио взял мел и уравня́л счёт по своему́ обыкнове́нию. Офице́р, ду́мая, что он оши́бся, пусти́лся в объясне́ния. Си́львио мо́лча продолжа́л мета́ть. Офице́р, потеря́в терпе́ние, взял щётку и стёр то, что каза́лось ему́ напра́сно запи́санным. Си́львио взял мел и записа́л сно́ва. Офице́р, разгорячённый вино́м, игро́ю и сме́хом това́рищей, почёл себя́ жесто́ко оби́женным и, в бе́шенстве схвати́в со стола́ ме́дный шанда́л, пусти́л его́ в Си́львио, кото́рый едва́ успе́л отклони́ться от уда́ра. Мы смути́лись. Си́львио встал, побледне́в от зло́сти, и с сверка́ющими глаза́ми сказа́л: "Ми́лостивый госуда́рь, изво́льте вы́йти, и благодари́те Бо́га, что э́то случи́лось у меня́ в до́ме".

Мы не сомнева́лись в после́дствиях и полага́ли но́вого това́рища уже́ уби́тым. Офице́р вы́шел вон, сказа́в, что за оби́ду гото́в отвеча́ть, как бу́дет уго́дно господи́ну банкомёту. Игра́ продолжа́лась ещё не́сколько мину́т; но, чу́вствуя, что хозя́ину бы́ло не до игры́, мы отста́ли оди́н за други́м и разбрели́сь по кварти́рам, толку́я о ско́рой вака́нции.

---

nedávno k nam perevedyónny`i`. On, igra`ia tut zhe, v rasse`iannosti zagnúl líshnii` úgol. Sí l`vio vzial mel i uravniál schyot po svoemú oby`knovéniiu. Ofitsér, dúmaia, shto on oshíbsia, pustílsia v ob``iasnéniia. Sí l`vio mólcha prodolzhál metát`. Ofitsér, poteriáv terpénie, vzial shchyótku i styor to, shto kazálos` emú naprásno zapísanny`m. Sil`vio vzial mel i zapisál snóva. Ofitsér, razgoriachyónny`i` vinóm, igró iu i sméhom továrishchei`, pochyól sebiá zhestóko obízhenny`m i, v béshenstve skhatív so stolá médny`i` shandál, pustíl egó v Síl`vio, kotóry`i` edvá uspél otclonít`sia ot udára. My` smutílis`. Síl`vio vstal, pobledne`v ot zlósti, i s sverká iushchimi glazámi skazál: "Mílostivy`i` gosudár`, izvól`te vy`i`ti, i blagodaríte Bóga, shto e`to sluchílos` u meniá v dóme".

My` ne sromnevális` v poslédstviiakh i polagáli nóvogo továrishcha uzhé ubíty`m. Ofitsér vy`shel von, skazáv, shto za obídu gotóv otvechát`, kak búdet ugódno gospodínu bankomyótu. Igrá prodolzhálas` eshchyó néskol`ko minút; no, chúvstvuia, shto hoziáinu by`lo ne do igrý, my` otstáli odín za drugím i razbrelís` po kvartíram, tolkúia o skóroi` vakántsii.

stopped him from having things his own way; but among us was an officer who had only recently been transferred to our regiment. During the course of the game, he absently turned down the corner of a card. Silvio took the chalk and noted down the correct account according to his usual custom. The officer, thinking that he had made a mistake, began to enter into explanations. Silvio continued dealing in silence. The officer, losing patience, took the brush and rubbed out what he considered was wrong. Silvio took the chalk and corrected the score again. The officer, heated with wine, play, and the laughter of his comrades, considered himself grossly insulted, and in his rage he seized a brass candlestick from the table, and hurled it at Silvio, who barely succeeded in avoiding the impact. We were stunned. Silvio rose, white with rage, and with gleaming eyes, said: "My dear sir, have the goodness to withdraw, and thank God that this has happened in my house."

We had no doubt of the consequences, and we already looked upon our new comrade as a dead man. The officer withdrew, saying that he was ready to answer for his offence in whatever way the banker liked. The play went on for a few minutes longer, but feeling that our host was no longer interested in the game, we withdrew one after the other, and repaired to our respective quarters, talking about the imminent vacancy.

Vocabulary

ли́шний, ли́шняя	superfluous; excessive; over; spare; extra; needless; unnecessary; outsider; redundant; supernumerary; waste; one too many; extraneous; irrelative; irrelevant; surplus
лиша́ть, лиши́ть	deprive; strip; abridge; rob; deny
лиша́ться, лиши́ться	lose; forfeit
лише́ние	privation; loss; hardship; deprivation; deposition; divestiture; losing; bereavement; inactivation; subtraction; divestment; deprival; destitution; withdrawal; removal; perdition; distress
лише́нец, лише́нка	nonvoter; person stripped of civil rights
меша́ть, помеша́ть	mingle; hinder; impede; prevent; interfere; balk; baffle; mix; obstruct; preclude; stir; disturb; bar; interrupt; clog; clutter; cramp; detain; encumber; hamper; handicap; hedge; incommode; oppose

На другой день в манеже мы спрашивали уже, жив ли ещё бедный поручик, как сам он явился между нами; мы сделали ему тот же вопрос. Он отвечал, что об Сильвио не имел он ещё никакого известия. Это нас удивило. Мы пошли к Сильвио и нашли его на дворе, сажающего пулю на пулю в туза, приклеенного к воротам. Он принял нас по-обыкновенному, ни слова не говоря о вчерашнем происшествии. Прошло три дня, поручик был ещё жив. Мы с удивлением спрашивали: неужели Сильвио не будет драться? Сильвио не дрался. Он довольствовался очень лёгким объяснением и помирился.

Это было чрезвычайно повредило ему во мнении молодёжи. Недостаток смелости менее всего извиняется молодыми людьми, которые в храбрости обыкновенно видят верх человеческих достоинств и извинение всевозможных пороков. Однако ж мало-помалу всё было забыто, и Сильвио снова приобрёл прежнее своё влияние.

Один я не мог уже к нему приблизиться. Имея от природы романтическое воображение, я всех сильнее прежде сего был привязан к человеку, коего жизнь была загадкою и который казался мне героем таинственной какой-то повести. Он любил меня; по крайней мере со

Na drugoi` den` v manezhe my` sprashivali uzhe`, zhiv li eshchyo bedny`i` poruchik, kak sam on iavi`lsia mezhdu nami; my` sde`lali emu` tot zhe vopros. On otvecha`l, shto ob Si`l`vio ne ime`l on eshchyo nikako`go izvestiia. E`to nas udivi`lo. My` poshli` k Si`l`vio i nashli` ego` na dvore`, sazha`iushchego pu`liu na pu`liu v tu`za, pricle`ennogo k voro`tam. On pri`nial nas po-oby`knove`nnomu, ni slova ne govoria` o vchera`shnem proissheʹstvii. Proshlo` tri dnia, poruchik by`l eshchyo zhiv. My` s udivle`niem sprashivali: neuzhe`li Si`l`vio ne bu`det drat`sia? Si`l`vio ne dra`lsia. On dovo`l`stvovalsia o`chen` lyo`gkim ob``iasne`niem i pomiri`lsia.

E`to by`lo chrezvy`cha`i`no povredi`lo emu` vo mne`nii molodyo`zhi. Nedosta`tok sme`losti me`nee vsego` izvinia`etsia molody`mi liud`mi`, kotory`e v khra`brosti oby`knove`nno vi`diat verkh chelove`cheskikh dosto`instv i izvine`nie vsevozmo`zhny`kh poro`kov. Odna`ko zh malo-poma`lu vsyo by`lo zaby`to, i Si`l`vio snova priobryo`l pre`zhnee svoyo` vliia`nie.

Odi`n ia ne mog uzhe` k nemu` pribli`zit`sia. Ime`ia ot priro`dy` romanti`cheskoe voobrazhe`nie, ia vsekh sil`ne`e pre`zhde sego` by`l pria`zan k chelove`ku, ko`ego zhizn` by`la zaga`dkoiu i kotory`i` kaza`lsia mne geroem tai`nstvennoi` kako`i`-to po`vesti. On liubi`l menia; po kra`i`nei` me`re so

The next day, at the riding-school, we were already asking if the poor lieutenant was still alive, when he himself appeared among us. We put the same question to him, and he replied that he had not yet heard from Silvio. This astonished us. We went to Silvio's house and found him in the courtyard shooting bullet after bullet into an ace pasted upon the gate. He received us as usual, but did not utter a word about the event of the previous evening. Three days passed, and the lieutenant was still alive. We asked in astonishment: "Can it be possible that Silvio is not going to fight?" Silvio did not fight. He was satisfied with a very lame explanation, and became reconciled to his assailant.

This lowered him very much in the opinion of our young fellows. Want of courage is the last thing to be pardoned by young men, who usually look upon bravery as the chief of all human virtues, and the excuse for every possible fault. But, little by little, everything became forgotten, and Silvio regained his former influence.

I alone could not approach him on the old footing. Being endowed by nature with a romantic imagination, I had become attached more than all the others to the man whose life was an enigma, and who seemed to me the hero of some mysterious tale. He was fond of me; at least, with me

Vocabulary

бе́дный, бе́дная	poor; impoverished; needy; beggarly; penniless; underprivileged; deprived; lower-income; destitute; low-grade; pauper
бе́дность	poverty; poorness; want; necessity; need; bareness; misery; penury; destitution
беднеть, обеднеть	become poorer; grow poorer; peter out
бедня́к	poor man; pauper
бедня́чка	poor woman; pauper
бедня́жка	poor lamb; poor little thing; poor fellow; wretch; poor little soul; poor bugger; poor creature
явля́ться, яви́ться	be; turn up; appear; come; offer; result; haunt; report; show; present oneself; spook; ghost; pose; take place; arrive
явле́ние	event; occurrence; scene; appearance; apparition; fact; phenomenon
туз	ace; boss; baron; fat cat; financial magnate

мной одни́м оставля́л обыкнове́нное своё ре́зкое злоре́чие и говори́л о
ра́зных предме́тах с простоду́шием и необыкнове́нною прия́тностию.
Но по́сле несча́стного ве́чера мысль, что честь его́ была́ зама́рана и
не омы́та по его́ со́бственной вине́, э́та мысль меня́ не покида́ла и
меша́ла мне обходи́ться с ним по-пре́жнему; мне бы́ло со́вестно на
него́ гляде́ть. Си́львио был сли́шком умён и о́пытен, чтобы э́того не
заме́тить и не уга́дывать тому́ причи́ны. Каза́лось, э́то огорча́ло его́; по
кра́йней ме́ре я заме́тил ра́за два в нём жела́ние со мно́ю объясни́ться;
но я избега́л таки́х слу́чаев, и Си́львио от меня́ отступи́лся. С тех
пор вида́лся я с ним то́лько при това́рищах, и пре́жние открове́нные
разгово́ры на́ши прекрати́лись.

Рассе́янные жи́тели столи́цы не име́ют поня́тия о мно́гих впечат-
ле́ниях, столь изве́стных жи́телям дереве́нь и́ли городко́в, наприме́р
об ожида́нии почто́вого дня: во вто́рник и пя́тницу полкова́я на́ша
канцеля́рия быва́ла полна́ офице́рами: кто ждал де́нег, кто письма́, кто
газе́т. Паке́ты обыкнове́нно тут же распеча́тывались, но́вости сооб-
ща́лись, и канцеля́рия представля́ла карти́ну са́мую оживлённую.
Си́львио получа́л пи́сьма, адресо́ванные в наш полк, и обыкнове́нно
тут же находи́лся. Одна́жды пода́ли ему́ паке́т, с кото́рого он сорва́л

----

mnoi` odni´m ostavlia´l oby`knove´nnoe svoyo´ re´zkoe zlore´chie i govori´l
o ra´zny`kh predme´takh s prostodu´shiem i neoby`knove´nnoiu priia´tnostiiu.
No po´sle nescha´stnogo ve´chera my`sl`, shto chest` ego´ by`la´ zama´rana i ne
omy´ta po ego´ so´bstvennoi` vine´, e´ta my`sl` menia´ ne pokida´la i mesha´la
mne obhodi´t`sia s nim po-pre´zhnemu; mne by´lo so´vestno na nego´ gliade´t`.
Si´l`vio by`l sli´shkom umyo´n i o´py`ten, chto´by` e´togo ne zame´tit` i ne
uga´dy`vat` tomu´ prichi´ny`. Kaza´los`, e´to ogorcha´lo ego´; po kra´i`nei` me´re
ia zame´til ra´za dva v nyom zhela´nie so mno´iu ob``iasni´t`sia; no ia izbega´l
taki´kh slu´chaev, i Si´l`vio ot menia´ otstupi´lsia. S tekh por vida´lsia ia s
nim to´l`ko pri tova´rishchakh, i pre´zhnie otkrove´nny`e razgovo´ry` na´shi
prekrati´lis`.

Rasse´ianny`e zhi´teli stoli´tsy` ne ime´iut ponia´tiia o mno´gikh vpechat-
le´niiakh, stol` izve´stny`kh zhi´teliam dereve´n` i´li gorodko´v, naprime´r ob
ozhida´nii pochto´vogo dnia: vo vto´rnik i pia´tnitsu polkova´ia na´sha kantse-
lia´riia by`va´la polna´ ofitse´rami: kto zhdal de´neg, kto pis`ma´, kto gaze´t.
Pake´ty` oby`knove´nno tut zhe raspecha´ty`valis`, no´vosti soobshcha´lis`, i
kantselia´riia predstavlia´la karti´nu sa´muiu ozhivlyo´nnuiu. Si´l`vio polucha´l
pi´s`ma, adreso´vanny`e v nash polk, i oby`knove´nno tut zhe nahodi´lsia.
Odna´zhdy` poda´li emu´ pake´t, s koto´rogo on sorva´l pecha´t` s vi´dom

alone did he drop his customary sarcastic tone, and converse on different subjects in a simple and unusually agreeable manner. But after this unlucky evening, the thought that his honour had been tarnished and had remained uncleansed through his own fault, was ever present in my mind, and prevented me treating him as before. I was ashamed to look at him. Silvio was too intelligent and experienced not to notice this and guess the cause of it. This seemed to distress him; at least I noticed once or twice a desire on his part to enter into an explanation with me, but I avoided such opportunities, and Silvio gave up the attempt. From that time forward I saw him only in the presence of my comrades, and our former frank conversations came to an end.

The distracted inhabitants of the capital have no idea of the many sensations so familiar to the inhabitants of villages and small towns, as, for instance, waiting for the day when the mail arrives. On Tuesdays and Fridays our regimental office used to be filled with officers: some expecting money, some letters, and others newspapers. The packets were usually opened on the spot, items of news were communicated from one to another, and the office used to present a most animated picture. Silvio used to receive his letters addressed to our regiment, and he was usually there. One day he was

Vocabulary

оста́вить, оставля́ть	leave; abandon; drop; forsake; let; quit; relinquish; retire; put away
обыкнове́нный, обыкнове́нная	ordinary; usual; habitual; plain; normal; unremarkable; commonplace; average
обыкнове́ние	habit; wont; practice; habitude; usage; use; habitualness; custom
обыкнове́нно	mostly; habitually; ordinarily; usually; commonly; normally; regularly
ре́зкий, ре́зкая	sharp; keen; biting; piercing; acute; harsh; shrill; glaring; rough; abrupt; acrid; blunt; grating; bitter; brusque; trenchant; scathing; severe; smart; rugged; cutting; cracked; clipping; crusty
ре́зкость	sharpness; harsh word; abruptness; harshness; roughness; acridity
злоре́чие	evil tongue; abuse; gossip
предме́т	item; subject matter; thing; topic; matter; theme

печа́ть с ви́дом велича́йшего нетерпе́ния. Пробега́я письмо́, глаза́ его́ сверка́ли. Офице́ры, ка́ждый за́нятый свои́ми пи́сьмами, ничего́ не заме́тили. "Господа́, – сказа́л им Сильвио, – обстоя́тельства тре́буют неме́дленного моего́ отсу́тствия; е́ду сего́дня в ночь; наде́юсь, что вы не отка́жетесь отобе́дать у меня́ в после́дний раз. Я жду и вас, – продолжа́л он, обрати́вшись ко мне, – жду непреме́нно". С сим сло́вом он поспе́шно вы́шел; а мы, согла́сясь соедини́ться у Си́львио, разошли́сь ка́ждый в свою́ сто́рону.

Я пришёл к Си́львио в назна́ченное вре́мя и нашёл у него́ почти́ весь полк. Всё его́ добро́ бы́ло уже́ уло́жено; остава́лись одни́ го́лые, простре́ленные сте́ны. Мы се́ли за стол; хозя́ин был чрезвыча́йно в ду́хе, и ско́ро весёлость его́ соде́лалась о́бщею; про́бки хло́пали помину́тно, стака́ны пе́нились и шипе́ли беспреста́нно, и мы со всевозмо́жным усе́рдием жела́ли отъезжа́ющему до́брого пути́ и вся́кого бла́га. Вста́ли из-за стола́ уже́ по́здно ве́чером. При разбо́ре фура́жек Си́львио, со все́ми проща́ясь, взял меня́ за ру́ку и останови́л в ту са́мую мину́ту, как собира́лся я вы́йти. "Мне ну́жно с ва́ми поговори́ть", – сказа́л он ти́хо. Я оста́лся.

---

velichái`shego neterpéniia. Probegáia pis`mó, glazá egó sverkáli. Ofitséry`, kazhdy`i` zániaty`i` svoími pís`mami, nichegó ne zamétili. "Gospo-dá, – skazál im Sil`vio, – obstoiátel`stva tré buiut nemé dlennogo moegó otsútstviia; é du segódnia v noch`; nadé ius, shto vy` ne otkázhetes` otobé dat` u meniá v poslédnii` raz. Ya zhdu i vas, – prodolzhál on, obratívshis` ko mne, – zhdu nepreménno". S sim slóvom on pospéshno vy`shel; a my`, soglasiás` soedinít`sia u Sí l`vio, razoshlí s` kázhdy`i` v svoiu stóronu.

Ya prishól k Sí l`vio v naznáchennoe vrémia i nashól u negó pochtí ves` polk. Vsyo egó dobró by`lo uzhé ulózheno; ostavális` odní góly`e, prostré lenny`e stény`. My` séli za stol; hoziáin by`l chrezvy`chái`no v dúkhe, i skóro vesyólost egó sodé lalas` óbshcheiu; pró bki khlopali pominútno, stakány` pénilis i shipéli besprestánno, i my` so vsevozmózhny`m user-diem zhelá li ot`ezzhá iushchemu dó brogo putí i vsiá kogo blága. Vstá li iz-zá stola uzhé pózdno vécherom. Pri razbóre furázhek Sí l`vio, so vsémi proshchá ias`, vzial meniá za rúku i ostanovíl v tu sámuiu minútu, kak sobirá lsia ia vy`i`ti. "Mne núzhno s vámi pogovorít", – skazál on tího. Ya ostá lsia.

handed a package, the seal of which he tore off with a look of great impatience. As he read the letter, his eyes sparkled. The officers, each occupied with his own letters, did not notice anything. "Gentlemen," said Silvio, "circumstances demand my immediate departure; I leave tonight. I hope that you will not refuse to dine with me for the last time. I expect you, too," he went on, turning towards me. "I expect you without fail." With these words he hastily left, and we, after agreeing to meet at Silvio's, went our different ways.

I arrived at Silvio's at the appointed time, and found nearly the whole regiment there. All his things were already packed; nothing remained but the bare, bullet-riddled walls. We sat down to table. Our host was in an excellent humour, and his gayety was quickly communicated to the rest. Corks popped every moment, glasses foamed and hissed incessantly, and, with the utmost warmth, we wished our departing friend a pleasant journey and every happiness. When we rose from the table it was already late in the evening. As we were sorting out our caps, Silvio, after having wished everybody good-bye, took me by the arm and detained me just at the moment when I was preparing to depart. "I need to speak to you," he said in a low voice. I stayed.

Vocabulary

печа́ть	press; print; stamp; seal; signet; printing; impress; impression; patent; fingerprint; type
печа́тать, напеча́тать	print; type; publish
печа́тный, печа́тная	printed; printing; paper-based; published; typed; hard-copy
печа́тник	print worker; pressman; typographer
вид	appearance; look; air; sight; view; kind; sort; aspect; form; fashion; outlook; perspective; vision; semblance; shape; prospect
ви́дение	vision; take; perspective
виде́ние	apparition; dream; seeing; phantom; vision; specter
ви́дный, ви́дная	visible; outstanding; eminent; prominent; stately; portly; conspicuous; sightly; presentable; distinguished; notable

Гости ушли; мы остались вдвоём, сели друг противу друга и молча закурили трубки. Сильвио был озабочен; не было уже и следов его судорожной весёлости. Мрачная бледность, сверкающие глаза и густой дым, выходящий изо рту, придавали ему вид настоящего дьявола. Прошло несколько минут, и Сильвио прервал молчание.

– Может быть, мы никогда больше не увидимся, – сказал он мне; – перед разлукой я хотел с вами объясниться. Вы могли заметить, что я мало уважаю постороннее мнение; но я вас люблю, и чувствую: мне было бы тягостно оставить в вашем уме несправедливое впечатление.

Он остановился и стал набивать выгоревшую свою трубку; я молчал, потупя глаза.

– Вам было странно, – продолжал он, – что я не требовал удовлетворения от этого пьяного сумасброда Р***. Вы согласитесь, что, имея право выбрать оружие, жизнь его была в моих руках, а моя почти безопасна: я мог бы приписать умеренность мою одному великодушию, но не хочу лгать. Если б я мог наказать Р***, не подвергая вовсе моей жизни, то я б ни за что не простил его.

Gosti ushlí; my` ostalis` vdvoyóm, séli drug prótivu drúga i mólcha zakurí li trúbki. Sí l`vio by`l ozabóchen; né by`lo uzhé i sledóv egó sudorozhnoi` vesyólosti. Mráchnaia blédnost`, sverkáiushchie glazá i gustói` dy`m, vy`hodiáshchii` izó rtu, pridaváli emú vid nastoiáshchego d`iávola. Proshló néskol`ko minút, i Sí l`vio prervál molchánie.

– Mózhet by`t`, my` nikogdá ból`she ne uví dimsia, – skazál on mne; – péred razlúkoi` ia hotél s vámi ob``iasní t`sia. Vy` moglí zamétit`, shto ia málo uvazháiu postorónnee mnénie; no ia vas liubliú, i chúvstvuiu: mne by`lo by` tiágostno ostávit` v váshem umé nespravedlí voe vpechatlénie.

On ostanoví lsia i stal nabivát` vy`gorevshuiu svoiú trúbku; ia molchál, potúpia glazá.

– Vam by`lo stránno, – prodolzhál on, – shto ia ne tréboval udovletvoréniia ot é togo p`iánogo sumasbróda R***. Vy` soglasítes`, shto, iméia pravo vy`brat` orúzhie, zhizn` egó by`lá v moí kh rukákh, a moiá pochtí bezopásna: ia mog by` pripisát` umérennost` moiú odnomú velikodúshiiu, no ne hochú lgat`. Ésli b ia mog nakazát` R***, ne podvergáia vóvse moeí` zhízni, to ia b ni za shto ne prostí l egó.

The guests had departed, and we two were left alone. Sitting down opposite each other, we silently lit our pipes. Silvio was worried; not a trace remained of his former convulsive gayety. His grim pallor, his sparkling eyes, and the thick smoke issuing from his mouth, gave him a truly diabolical appearance. Several minutes elapsed, and then Silvio broke the silence.

"Perhaps we shall never see each other again," he said to me; "before we part, I should like to have an explanation with you. You may have noticed that I care very little for the opinion of other people, but I like you, and I feel that it would be painful to me to leave you with a wrong impression upon your mind."

He paused, and began filling his extinguished pipe. I sat gazing silently at the ground.

"You thought it strange," he continued, "that I did not demand satisfaction from that drunken madman R***. You will admit, however, that having the choice of weapons, his life was in my hands, while my own was almost safe. I could ascribe my forbearance to generosity alone, but I will not tell a lie. If I could have punished R*** without the least risk to my own life, I should never have pardoned him."

Vocabulary

гость	guest; visitor; caller; houseguest; client; stranger
гости́ть, погости́ть	visit; stay with; stop with; be on a visit; sojourn
гостево́й, гостева́я	guest
уходи́ть, уйти́	leave; depart; go; pass; escape; evade; resign; retire; be lost; get away; make off; retreat; shove; withdraw; be away; go away; slip away; walk away; buzz off; make oneself scarce
ухо́д	departure; tendance; nursing; attendance; going; recession; withdrawal; outgo; attention; exit; handling; leave; treatment
вдвоём	both; double; the two of us
сесть, сади́ться	sit down; board; embark; get in; entrain; shrink; get on; get up; go down; seat oneself; sit oneself; get aboard; take one's seat; mount; set; settle; have a seat; sit up

Я смотрел на Сильвио с изумлением. Таковое признание совершенно смутило меня. Сильвио продолжал.

– Так точно: я не имею права подвергать себя смерти. Шесть лет тому назад я получил пощёчину, и враг мой ещё жив.

Любопытство моё сильно было возбуждено.

– Вы с ним не дрались? – спросил я. – Обстоятельства, верно, вас разлучили?

– Я с ним дрался, – отвечал Сильвио, – и вот памятник нашего поединка.

Сильвио встал и вынул из картона красную шапку с золотою кистью, с галуном (то, что французы называют bonnet de police); он её надел; она была прострелена на вершок ото лба.

– Вы знаете, – продолжал Сильвио, – что я служил в *** гусарском полку. Характер мой вам известен: я привык первенствовать, но смолоду это было во мне страстию. В наше время буйство было в моде: я был первым буяном по армии. Мы хвастались пьянством: я перепил славного Бурцова, воспетого Денисом Давыдовым. Дуэли в нашем полку случались поминутно: я на всех бывал или свидетелем, или

Ya smotrél na Sí l`vio s izumléniem. Takovóe priznánie sovershénno smutílo menia. Sí l`vio prodolzhál.

– Tak tóchno: ia ne iméiu práva podvergát` sebiá smérti. Shest` let tomu nazád ia puchíl poshchyóchinu, i vrag moí eshchyó zhiv.

Liubopý tstvo moyó sí l`no bý lo vozbuzhdenó.

– Vy` s nim ne drális`? – sprosíl ia. – Obstoiátel`stva, vérno, vas razluchí li?

– Ya s nim drálsia, – otvechál Sí l`vio, – i vot pámiatnik náshego poedínka.

Sí l`vio vstal i vý nul iz kartóna krásnuiu shápku s zolotóiu kíst`iu, s galunóm (to, shto frantsuzý nazý váiut bonnet de police); on eyó nadél; oná bý la prostrélena na vershók otó lba.

– Vy` znáete, – prodolzhál Sí l`vio, – shto ia sluzhíl v *** gusárskom polku. Harákter moí vam izvésten: ia privý k pérvenstvovat`, no smólodu é to bý lo vo mne strástiiu. V náshe vrémia buí stvo bý lo v móde: ia bý l pérvy`m buiánom po ármii. My` khvástalis` p`iánstvom: ia perepíl slávnogo Burtsóva, vospétogo Denísom Davý dovy`m. Dué li v náshem polku sluchális` pominútno: ia na vsekh bý val í li svidételem, í li deí stvuiushchim

I looked at Silvio with astonishment. Such a confession completely astounded me. Silvio continued.

"Exactly so: I have no right to expose myself to death. Six years ago I received a slap in the face, and my enemy still lives."

My curiosity was greatly excited.

"Did you not fight with him?" I asked. "Circumstances probably separated you."

"I did fight with him," replied Silvio; "and here is a souvenir of our duel."

Silvio rose and took from a cardboard box a braided red cap with a gold tassel (what the French call a bonnet de police); he put it on—it had been shot through an inch above the forehead.

"You know," continued Silvio, "that I served in the *** Hussar regiment. My character is well known to you: I am accustomed to taking the lead. From my youth this has been my passion. In our time dissoluteness was the fashion, and I was the most outrageous man in the army. We used to boast of our drunkenness; I beat in a drinking bout the famous Bourtsov, of whom Denis Davydov wrote in his poems. Duels in our regiment were constantly taking place, and in all of them I was either second or princi-

Vocabulary

изумле́ние	amazement; astonishment; wonder; daze; stupefaction; wonderment; surprise; admiration
изуми́тельный, изуми́тельная	amazing; wonderful; astonishing; marvellous; stupendous; magnificent; astounding; gorgeous
изуми́ть, изумля́ть	amaze; astonish; surprise; astound; daze; stupefy
призна́ние	acknowledgment; recognition; confession; declaration; acceptance; adoption
при́знанный, при́знанная	admitted; licensed; acknowledged; accepted; top-ranked; reputable; acclaimed; recognised
призна́ть	recognize; acknowledge; see; admit; own; find; consider; declare; accept
призна́ться, признава́ться	confess; avouch; avow oneself; confide; own up; declare oneself; come clean
соверше́нно	absolutely; altogether; downright; entirely; thoroughly; perfectly; completely; quite!; quite so!
соверше́нный	perfect; absolute; complete; quite; accomplished

действующим лицо́м. Това́рищи меня́ обожа́ли, а полковы́е команди́ры, помину́тно сменя́емые, смотре́ли на меня́ как на необходи́мое зло.

Я споко́йно (и́ли беспоко́йно) наслажда́лся мое́ю сла́вою, как определи́лся к нам молодо́й челове́к бога́той и зна́тной фами́лии (не хочу́ назва́ть его́). О́троду не встреча́л счастли́вца столь блиста́тельного! Вообрази́те себе́ мо́лодость, ум, красоту́, весёлость са́мую бе́шеную, хра́брость са́мую беспе́чную, гро́мкое и́мя, де́ньги, кото́рым не знал он счёта и кото́рые никогда́ у него́ не переводи́лись, и предста́вьте себе́, како́е де́йствие до́лжен был он произвести́ ме́жду на́ми. Пе́рвенство моё поколеба́лось. Обольщённый мое́ю сла́вою, он стал бы́ло иска́ть моего́ дру́жества; но я при́нял его́ хо́лодно, и он безо́ вся́кого сожале́ния от меня́ удали́лся. Я его́ возненави́дел. Успе́хи его́ в полку́ и в о́бществе же́нщин приводи́ли меня́ в соверше́нное отча́яние. Я стал иска́ть с ним ссо́ры; на эпигра́ммы мои́ отвеча́л он эпигра́ммами, кото́рые всегда́ каза́лись мне неожи́даннее и остре́е мои́х и кото́рые, коне́чно, не в приме́р бы́ли веселе́е: он шути́л, а я зло́бствовал. Наконе́ц однажды́ на ба́ле у по́льского поме́щика, ви́дя его́ предме́том внима́ния всех дам, и осо́бенно само́й хозя́йки, бы́вшей со мно́ю в свя́зи, я сказа́л ему́ на у́хо каку́ю-то пло́скую гру́бость. Он вспы́хнул и дал мне пощёчину. Мы

litsóm. Továrishchi meniá obozháli, a polkovýe komandíry`, pominútno smeniáemy`e, smotréli na meniá kak na neobhodímoe zlo.

Ya spokóino (íli bespokóino) naslazhdálsia moéiu slávoiu, kak opredelílsia k nam molodói` chelovék bogátoi` i znátnoi` famílii (ne hochú nazvát` egó). Ótrodu ne vstrechál schastlívtsa stol` blistátel`nogo! Voobrazíte sebé mólodost`, um, krasotú, vesyólost` sámuiu béshenuiu, khrábrost` sámuiu bespéchnuiu, grómkoe ímia, dén`gi, kotóry`m ne znal on schyóta i kotóry`e nikogdá u negó ne perevodílis`, i predstáv`te sebé, kakóe déi`stvie dólzhen by`l on proizvestí mézhdu námi. Pérvenstvo moyó pokolebálos`. Obol`shchyónny`i` moéiu slávoiu, on stal by`lo iskát` moegó drúzhestva; no ia prínial egó hólodno, i on bezó vsiákogo sozhaléniia ot meniá udalílsia. Ya egó voznenavídel. Uspéhi egó v polkú i v óbshchestve zhénshchin privodíli meniá v sovershénnoe otcháianie. Ya stal iskát` s nim ssóry`; na e`pigrámmy` moí otvechál on e`pigrámmami, kotóry`e vsegdá kazális` mne neozhídannee i ostrée moíkh i kotóry`e, konéchno, ne v primér by`li veselée: on shutíl, a ia zlóbstvoval. Nakonéts odnázhdy` na bále u pól`skogo poméshchika, vídia egó predmétom vnimániia vsekh dam, i osóbenno samói` hoziái`ki, by`vshei` so mnóiu v sviázi, ia skazál emú na úho kakúiu-to plóskuiu grúbost`. On vspý`khnul i dal mne poshchyóchinu.

pal. My comrades adored me, while the regimental commanders, who were constantly being changed, looked upon me as a necessary evil.

"I was calmly (or not so calmly) enjoying my reputation, when a young man belonging to a wealthy and distinguished family—I will not mention his name—joined our regiment. Never in my life have I met with such a brilliant and fortunate fellow! Imagine to yourself youth, wit, beauty, unbounded gayety, the most reckless bravery, a famous name, so much money he couldn't count it and which was always available to him—and you can form some idea of the effect that he would be sure to produce among us. My supremacy was shaken. Dazzled by my reputation, he began to seek my friendship, but I received him coldly, and without the least regret he held aloof from me. I took a hatred to him. His success in the regiment and in the society of ladies brought me to utter despair. I began to seek a quarrel with him; to my epigrams he replied with epigrams which always seemed to me more striking and cutting than mine, and which were, of course, incomparably more amusing, for he joked while I fumed. At last, at a ball given by a Polish landowner, seeing him the object of the attention of all the ladies, and especially of the mistress of the house, with whom I had a liaison, I whispered some pointless insulting remark in his ear. He flamed

Vocabulary

това́рищ	comrade; friend; mate; companion; colleague; assistant; associate; fellow; helpmate; partner
това́рищеский, това́рищеская	friendly; companionable; comradely
това́рищество	comradeship; fellowship; partnership; association; companionship
обожа́ть	adore; worship; idolize
обожа́тель, обожа́тельница	admirer; adorer; idolater; worshipper
обожа́ние	adoration; idolatry; worship; admiration
команди́р	captain; commandant; leader; commanding officer; chief; honcho; top dog; boss man; brass
кома́ндовать	command; domineer; lead; order about; be in control of; boss around; be in charge
кома́нда	command; company; brigade; gang; crew; team; demand; squad; party; detachment

бросились к саблям; дамы попадали в обморок; нас растащили, и в ту же ночь поехали мы драться.

Это было на рассвете. Я стоял на назначенном месте с моими тремя секундантами. С неизъяснимым нетерпением ожидал я моего противника. Весеннее солнце взошло, и жар уже наспевал. Я увидел его издали. Он шёл пешком, с мундиром на сабле, сопровождаемый одним секундантом. Мы пошли к нему навстречу. Он приблизился, держа фуражку, наполненную черешнями. Секунданты отмерили нам двенадцать шагов. Мне должно было стрелять первому, но волнение злобы во мне было столь сильно, что я не понадеялся на верность руки и, чтобы дать себе время остыть, уступал ему первый выстрел: противник мой не соглашался. Положили бросить жребий: первый нумер достался ему, вечному любимцу счастия. Он прицелился и прострелил мне фуражку. Очередь была за мною. Жизнь его наконец была в моих руках; я глядел на него жадно, стараясь уловить хотя одну тень беспокойства... Он стоял под пистолетом, выбирая из фуражки спелые черешни и выплёвывая косточки, которые долетали до меня. Его равнодушие взбесило меня. Что пользы мне, подумал я, лишить его жизни, когда он ею вовсе не дорожит? Злобная мысль мелькнула

My` brosilis` k sabliam; damy` popadali v obmorok; nas rastashchi li, i v tu zhe noch` poe hali my` drat`sia.

E`to by`lo na rassvete. Ya stoial na naznachennom meste s moi mi tremia sekundantami. S neiz``iasni my`m neterpeniem ozhidal ia moego proti vnika. Vesennee solntse vzoshlo, i zhar uzhe naspeval. Ya uvidel ego izdali. On shyol peshkom, s mundirom na sable, soprovozhdaemy`i` odnim sekundantom. My` poshli k nemu navstrechu. On priblizhilsia, derzha furazhku, napolnennuiu chereshniami. Sekundanty` otmerili nam dvenadtsat` shagov. Mne dolzhno by`lo streliat` pervomu, no volnenie zloby` vo mne by`lo stol` si l`no, shto ia ne ponade ialsia na vernost` ruki i, chtoby` dat` sebe vremia osty`t`, ustupal emu pervy`i` vy`strel: proti vnik moi` ne soglashalsia. Polozhili brosit` zhrebii`: pervy`i` numer dostalsia emu, vechnomu liubimtsu schastiia. On pritse lilsia i prostrelil mne furazhku. Ochered` by`la za mnoiu. Zhizn` ego nakonets by`la v moikh rukakh; ia gliadel na nego zhadno, staraias` ulovit` hotia odnu ten` bespokoi stva... On stoial pod pistoletom, vy`biraia iz furazhki spely`e chereshni i vy`plyovy`vaia kostochki, kotory`e doletali do menia. Ego ravnodushie vzbesilo menia. Shto pol`zy` mne, podumal ia, lishit` ego zhizni, kogda on eiu vovse ne dorozhit? Zlobnaia my`sl` mel`knula v ume moyom. Ya

up and gave me a slap in the face. We grasped our sabres; the ladies fainted; we were separated; and that same night we set out to fight.

"It was at dawn. I was standing at the appointed place with my three seconds. With inexplicable impatience I awaited my adversary. The spring sun rose, and it was already growing hot. I saw him coming in the distance. He was walking on foot, carrying his tunic on his sabre; he was accompanied by one second. We advanced to meet him. He approached, holding his cap filled with black cherries. The seconds measured twelve paces for us. I had to fire first, but my agitation of rage was so great, that I could not depend upon the steadiness of my hand; and in order to give myself time to become calm, I ceded to him the first shot. My adversary would not agree to this. It was decided that we should cast lots. The first number fell to him, the constant favourite of fortune. He took aim, and his bullet went through my cap. It was now my turn. His life at last was in my hands; I looked at him eagerly, trying to detect if only the faintest shadow of uneasiness… He stood in front of my pistol, picking out the ripe cherries from his cap and spitting out the stones, which flew as far as my feet. His indifference enraged me. 'What is the use,' I thought, 'of depriving him of life, when he attaches no value whatever to it?' A malicious thought flashed through my mind. I low-

Vocabulary

броситься, бросаться	dash; fling; jump; pelt; pop; rush; spring; start; swoop; tear along; plunge into; hurl down; dart; lunge; sprint; make a bolt; make a dart
бросить, бросать	throw; cast; fling; leave; abandon; desert; give up; leave off; lay down; waste; squander; drop; dash; chuck; toss; pitch; project
бросок	hurl; throw; fling; cast; pitch; burst; dart; rush; shoot
бросовый, бросовая	catchpenny; dump; blue-sky; refused; cast-off; penny-ante; junk; expendable; low-quality; waste
драться, подраться	fight; struggle; bicker; scramble; tussle; scrap; spar; scuffle; battle; brawl
драка	scuffle; fight; battle; tussle; row
драчун, драчунья	cockerel; bully; scrapper; brawler; slasher
драчливый, драчливая	bellicose; pugnacious; combative; quarrelsome; combatant; rough

в уме́ моём. Я опусти́л пистоле́т. "Вам, ка́жется, тепе́рь не до сме́рти, – сказа́л я ему́, – вы изво́лите за́втракать; мне не хо́чется вам помеша́ть". – "Вы ничу́ть не меша́ете мне, – возрази́л он, – изво́льте себе́ стреля́ть, а впро́чем, как вам уго́дно; вы́стрел ваш остаётся за ва́ми; я всегда́ гото́в к ва́шим услу́гам".

Я обрати́лся к секунда́нтам, объяви́в, что ны́нче стреля́ть не наме́рен, и поеди́нок тем и ко́нчился.

Я вы́шел в отста́вку и удали́лся в э́то месте́чко. С тех пор не прошло́ ни одного́ дня, чтоб я не ду́мал о мще́нии. Ны́не час мой наста́л…

Си́львио вы́нул из карма́на у́тром полу́ченное письмо́ и дал мне его́ чита́ть. Кто́-то (каза́лось, его́ пове́ренный по дела́м) писа́л ему́ из Москвы́, что изве́стная осо́ба ско́ро должна́ вступи́ть в зако́нный брак с молодо́й и прекра́сной де́вушкой.

– Вы дога́дываетесь, – сказа́л Си́львио, – кто э́та изве́стная осо́ба. Е́ду в Москву́. Посмо́трим, так ли равноду́шно при́мет он смерть пе́ред свое́й сва́дьбой, как не́когда ждал её за чере́шнями!

---

opustíl pistolét. "Vam, kázhetsia, tepér` ne do smérti, – skazál ia emú, – vy` izvólite závtrakat`; mne ne hóchetsia vam pomeshát`". – "Vy` nichút` ne mesháete mne, – vozrazíl on, – izvól`te sebé streliát`, a vpróchem, kak vam ugódno; výstrel vash ostayótsia za vámi; ia vsegdá gotóv k váshim uslúgam".

Ya obratílsia k sekundántam, ob``iavív, shto nýnche streliát` ne naméren, i poedínok tem i kónchilsia.

Ya výshel v otstávku i udalílsia v éto mestéchko. S tekh por ne proshló ni odnogó dnia, chtob ia ne dúmal o mshchénii. Nýne chas moi` nastál…

Síl`vio výnul iz karmána útrom polúchennoe pis`mó i dal mne egó chitát`. Któ-to (kazálos`, egó povérenny`i` po delám) pisál emú iz Moskvý, shto izvéstnaia osóba skóro dolzhná vstupít` v zakónny`i` brak s molodói` i prekrásnoi` dévushkoi`.

– Vy` dogády`vaetes`, – skazál Síl`vio, – kto éta izvéstnaia osóba. Édu v Moskvú. Posmótrim, tak li ravnodúshno prímet on smert` péred svoéi` svád`boi`, kak nékogda zhdal eyó za cheréshniami!

ered my pistol. 'You don't seem to be ready for death just at present,' I said to him: 'you wish to have your breakfast; I do not wish to hinder you.' 'You are not hindering me in the least,' he replied. 'Have the goodness to fire, or just as you please—the shot remains yours; I shall always be ready at your service.'

"I turned to the seconds, informing them that I had no intention of firing that day, and with that the duel came to an end.

"I resigned my commission and retired to this little place. Since then not a day has passed that I have not thought of revenge. And now my hour has arrived…"

Silvio took from his pocket the letter he had received that morning, and gave it to me to read. Someone (it seemed to be his business agent) wrote to him from Moscow, that a certain person was going to be married to a young and beautiful girl.

"You can guess," said Silvio, "who the certain person is. I am going to Moscow. We shall see if he will receive death with as much indifference before his wedding, as he did once with his cherries!"

Vocabulary

ум	intellect; mind; sense; head; wit; intelligence; brain
у́мный, у́мная	clever; smart; wise; intelligent; brainy; knowledgeable; sagacious; shrewd; able-minded
у́мник, у́мница	brain; headpiece; clever cookie
у́мничать	try to be clever; be clever with; philosophize
тепе́рь	now; at present; nowadays; presently; currently; for the time being
меша́ть, помеша́ть	mingle; hinder; impede; prevent; interfere; balk; baffle; mix; obstruct; preclude; stir; disturb; bar; interrupt; clog; clutter; cramp; detain; encumber; hamper; handicap; hedge; incommode; oppose
ничу́ть	by no means; not at all; far from it; not a bit; not in the least
впро́чем	however; by the way; it must be said; admittedly; incidentally; besides; but; or rather; then; though

При сих словах Сильвио встал, бросил об пол свою фуражку и стал ходить взад и вперёд по комнате, как тигр по своей клетке. Я слушал его неподвижно; странные, противуположные чувства волновали меня.

Слуга вошёл и объявил, что лошади готовы. Сильвио крепко сжал мне руку; мы поцеловались. Он сел в тележку, где лежали два чемодана, один с пистолетами, другой с его пожитками. Мы простились ещё раз, и лошади поскакали.

II

Прошло несколько лет, и домашние обстоятельства принудили меня поселиться в бедной деревеньке Н** уезда. Занимаясь хозяйством, я не переставал тихонько воздыхать о прежней моей шумной и беззаботной жизни. Всего труднее было мне привыкнуть проводить осенние и зимние вечера в совершенном уединении. До обеда кое-как ещё дотягивал я время, толкуя со старостой, разъезжая по работам или обходя новые заведения; но коль скоро начинало смеркаться, я совершенно не знал куда деваться. Малое число книг, найденных мною под шкафами и в кладовой, были вытвержены мною наизусть.

Pri sikh slovákh Síl`vio vstal, brósil ob pol svoiú furázhku i stal hodít` vzad i vperyód po kómnate, kak tigr po svoéi` clétke. Ya slúshal egó nepodvízhno; stránny`e, protivupolózhny`e chúvstva volnováli meniá.

Slugá voshól i ob``iavíl, shto lóshadi gotóvy`. Síl`vio krépko szhal mne rúku; my` potselováli``s. On sel v telézhku, gde lezháli dva chemodána, odín s pistolétami, drugói` s egó pozhítkami. My` prostíli``s eshchyó raz, i lóshadi poskakáli.

II

Proshló néskol`ko let, i domáshnie obstoiátel`stva prinúdili meniá poselít`sia v bédnoi` derevén`ke H** uézda. Zanimáias` hoziái`stvom, ia ne perestavál tihón`ko vozdy`hát` o prézhnei` moéi` shúmnoi` i bezzabótnoi` zhízni. Vsegó trudnée by`lo mne privy`knút` provodít` osénnie i zímnie vechera v sovershénnom uedinénii. Do obéda koe-kák eshchyó dotiagival ia vrémia, tolkúia so stárostoi`, raz``ezzháia po rabótam íli obhodiá nóvy`e zavedéniia; no kol` skóro nachinálo smerkát`sia, ia sovershénno ne znal kudá devát`sia. Máloe chisló knig, nái`denny`kh mnóiu pod shkafámi i v cladovói`, by`li vy`tverzheny` mnóiu naizúst`. Vse skázki, kotóry`e tól`ko

With these words, Silvio rose, threw his cap upon the floor, and began pacing up and down the room like a tiger in his cage. I had listened to him without moving; strange conflicting feelings agitated me.

The servant entered and announced that the horses were ready. Silvio grasped my hand firmly, and we kissed. He seated himself in his cart, in which lay two suitcases, one containing his pistols, the other his effects. We said good-bye once more, and the horses galloped off.

II

Several years passed, and family circumstances compelled me to settle in the poor little village in the N** district. Occupied with farming, I ceased not to sigh in secret for my former noisy and careless life. The most difficult thing of all was having to accustom myself to passing the autumn and winter evenings in complete solitude. Until the hour for dinner I managed to pass away the time somehow or other, talking with the village elder, riding about to inspect the work, or going round to look at the new projects; but as soon as it began to get dark, I positively did not know what to do with myself. The few books that I had found under the cupboards and in

Vocabulary

сло́во	word; speech; say
слове́сный, слове́сная	verbal; oral; literary; philologic; wordy
слове́сник, слове́сница	philologist; language and literature teacher
сло́вник	vocabulary; glossary
словеса́	wordage
сло́вно	as if; like; as it were; as though
встать, встава́ть	rise; get up; stand up; take rise; be up
ходи́ть	go; walk; sail; ply; move; visit; attend; circulate; wear; look after; take care of; nurse; step; straddle; foster
ходо́к	goer; walker; lover-boy; womanizer
хо́дка	trip; jail sentence; prison term
хо́дкий, хо́дкая, ходово́й, ходова́я	marketable; current; quick; saleable; popular; best-selling

Все сказки, которые только могла запомнить ключница Кириловна, были мне пересказаны; песни баб наводили на меня тоску. Принялся я было за неподслащённую наливку, но от неё болела у меня голова; да признаюсь, побоялся я сделаться пьяницею с горя, т. е. самым горьким пьяницею, чему примеров множество видел я в нашем уезде. Близких соседей около меня не было, кроме двух или трёх горьких, коих беседа состояла большею частию в икоте и воздыханиях. Уединение было сноснее.

В четырёх верстах от меня находилось богатое поместье, принадлежащее графине Б***; но в нём жил только управитель, а графиня посетила своё поместье только однажды, в первый год своего замужества, и то прожила там не более месяца. Однако ж во вторую весну моего затворничества разнёсся слух, что графиня с мужем приедет на лето в свою деревню. В самом деле, они прибыли в начале июня месяца.

Приезд богатого соседа есть важная эпоха для деревенских жителей. Помещики и их дворовые люди толкуют о том месяца два прежде и года три спустя. Что касается до меня, то, признаюсь, известие о прибытии молодой и прекрасной соседки сильно на меня подействовало; я горел

mogla zapomnit` cliuchnitsa Kirilovna, byli mne pereskazany; pesni bab navodili na menia tosku. Prinialsia ia bylo za nepodslashchyonnuiu nalivku, no ot neyo bolela u menia golova; da priznaius`, poboialsia ia sdelat`sia p`ianitseiu s goria, t. e. samym gor`kim p`ianitseiu, chemu primerov mnozhestvo videl ia v nashem uezde. Blizkikh sosedei` okolo menia ne bylo, krome dvukh ili tryokh gor`kikh, koikh beseda sostoiala bol`sheiu chastiiu v ikote i vozdy`haniiakh. Uedinenie bylo snosnee.

V chety`ryokh verstakh ot menia nahodilos` bogatoe pomest`e, prinadlezhashchee grafine B***; no v nyom zhil tol`ko upravitel`, a grafinia posetila svoyo pomest`e tol`ko odnazhdy`, v pervy`i` god svoego zamuzhestva, i to prozhila tam ne bolee mesiatsa. Odnako zh vo vtoru`iu vesnu moego zatvornichestva raznyossia slukh, shto grafinia s muzhem priedet na leto v svoiu derevniu. V samom dele, oni pribyli v nachale iiunia mesiatsa.

Priezd bogatogo soseda est` vazhnaia e`poha dlia derevenskikh zhitelei`. Pomeshchiki i ikh dvorovy`e liudi tolku`iut o tom mesiatsa dva prezhde i goda tri spustia. Shto kasaetsia do menia, to, priznaius`, izvestie o priby`tii molodoi` i prekrasnoi` sosedki sil`no na menia podei`stvovalo; ia gorel

the storeroom I already knew by heart. All the fairy tales my housekeeper Kirilovna could remember had been told over and over again; the songs of the peasant women made me feel depressed. I tried drinking unsweetened fruit liqueur, but it made my head ache; and moreover, I confess I was afraid of becoming a drunkard from mere chagrin, that is to say, the saddest kind of drunkard, of which I had seen many examples in our district. I had no near neighbours, except two or three topers, whose conversation consisted for the most part of hiccups and sighs. Solitude was preferable.

Four versts from my house was a rich estate belonging to the Countess B***; but nobody lived there except the steward. The Countess had only visited her estate once, in the first year of her married life, and then she had remained there no longer than a month. But in the second spring of my seclusion the rumour was circulated that the Countess, with her husband, was coming to spend the summer on her estate. And indeed they arrived at the beginning of June.

The arrival of a rich neighbour is an important event in the lives of country dwellers. The landowners and the people of their households talk about it for two months beforehand and for three years afterwards. As for me, I must confess that the news of the arrival of a young and beautiful neighbour

Vocabulary

запоминать, запомнить	memorize; mark; retain; commit to memory; get by heart; keep in mind; remember; bear in mind
песня	song; air; descant
песенный, песенная	song; song-like; melodious
песенник	songster; songbook; songwriter
песнопение	chant; carol
тоска	melancholy; anxiety; grief; yearning; boredom; depression; longing; wrench; blues; sadness
тоскливый, тоскливая	melancholy; sad; dreary; depressive; lonesome
тосковать, затосковать	grieve; feel sad; feel bored; be homesick; languish; long; yearn; sigh
голова	head; brain; chief
головной, головная	head; leading; front; parent
головешка	brand; char; firebrand
поместье	estate; manor; landed property; seat

нетерпе́нием её уви́деть, и потому́ в пе́рвое воскресе́нье по её прие́зде отпра́вился по́сле обе́да в село́ *** рекомендова́ться их сия́тельствам, как ближа́йший сосе́д и всепоко́рнейший слуга́.

Лаке́й ввёл меня́ в гра́фский кабине́т, а сам пошёл обо́ мне доложи́ть. Обши́рный кабине́т был у́бран со всевозмо́жною ро́скошью; о́коло стен стоя́ли шкафы́ с кни́гами, и над ка́ждым бро́нзовый бюст; над мра́морным ками́ном бы́ло широ́кое зе́ркало; пол оби́т был зелёным сукно́м и у́стлан ковра́ми. Отвы́кнув от ро́скоши в бе́дном углу́ моём и уже́ давно́ не вида́в чужо́го бога́тства, я оробе́л и ждал гра́фа с каки́м-то тре́петом, как проси́тель из прови́нции ждёт вы́хода мини́стра. Две́ри отвори́лись, и вошёл мужчи́на лет тридцати́ двух, прекра́сный собо́ю. Граф прибли́зился ко мне с ви́дом откры́тым и дружелю́бным; я стара́лся ободри́ться и на́чал бы́ло себя́ рекомендова́ть, но он предупреди́л меня́. Мы се́ли. Разгово́р его́, свобо́дный и любе́зный, вско́ре рассе́ял мою́ одича́лую засте́нчивость; я уже́ начина́л входи́ть в обыкнове́нное моё положе́ние, как вдруг вошла́ графи́ня, и смуще́ние овладе́ло мно́ю пу́ще пре́жнего. В са́мом де́ле, она́ была́ краса́вица. Граф предста́вил меня́; я хоте́л каза́ться развя́зным, но чем бо́льше

neterpe'niem eyo' uvi'det', i potomu' v pe'rvoe voskresen`e po eyo' prie'zde otpra'vilsia po'sle obe'da v selo' *** rekomendova't`sia ikh siia'tel`stvam, kak blizha'i`shii` sose'd i vsepoko'rnei`shii` sluga'.

Lake'i` vvyol menia' v gra'fskii` kabine't, a sam posho'l obo' mne dolozhi't`. Obshi'rny`i` kabine't by`l u'bran so vsevozmo'zhnoiu ro'skosh`iu; o'kolo sten stoia'li shkafy` s kni'gami, i nad ka'zhdy`m bro'nzovy`i` biust; nad mra'morny`m kami'nom by'lo shiro'koe ze'rkalo; pol obi't by`l zelyony`m sukno'm i u'stlan kovra'mi. Otvy'knuv ot ro'skoshi v be'dnom uglu' moyo'm i uzhe' davno' ne vida'v chuzho'go boga'tstva, ia orobe'l i zhdal gra'fa s kaki'm-to tre'petom, kak prosi'tel` iz provi'ntsii zhdyot vy'hoda mini'stra. Dve'ri otvori'lis`, i vosho'l muzhchi'na let tridtsati' dvukh, prekra'sny`i` sobo'iu. Graf pribli'zilsia ko mne s vi'dom otkry'ty`m i druzheliu'bny`m; ia stara'lsia obodri't`sia i na'chal by'lo sebia' rekomendova't`, no on predupredi'l menia'. My` se'li. Razgovo'r ego', svobo'dny`i` i liube'zny`i`, vsko're rasse'ial moiu' odicha'luiu zaste'nchivost`; ia uzhe' nachina'l vhodi't` v oby'knove'nnoe moyo' polozhe'nie, kak vdrug voshla' grafi'nia, i smushche'nie ovlade'lo mno'iu pu'shche pre'zhnego. V sa'mom de'le, ona' by'la krasa'vitsa. Graf predsta'vil menia'; ia hote'l kaza't`sia razvia'zny`m, no chem bo'l`she stara'lsia vziat` na

affected me strongly. I was burning with impatience to see her, and so, on the first Sunday after her arrival I set out after dinner for the village of ***, to introduce myself to their Excellencies as their nearest neighbour and most humble servant.

A lackey conducted me into the Count's study, and then went to announce me. The spacious study was furnished with every possible luxury. Around the walls were cases filled with books and surmounted by bronze busts; over the marble mantelpiece was a large mirror; on the floor was a green cloth covered with carpets. Unaccustomed to luxury in my own poor corner, and not having seen the wealth of other people for a long time, I began to feel nervous and awaited the Count with some trepidation, as a petitioner from the provinces awaits the appearance of a minister. The doors opened, and a handsome man of about thirty-two entered. The Count approached me with a frank and friendly air; I tried to be self-possessed and began to introduce myself, but he anticipated me. We sat down. His easy and agreeable conversation soon dissipated my awkward bashfulness; and I was already beginning to recover my usual composure, when the Countess suddenly entered, and I became more confused than ever. She was indeed beautiful. The Count presented me. I wished to appear at ease, but the more I tried

Vocabulary

нетерпе́ние	impatience; hurry; anxiety
нетерпели́вый, нетерпели́вая	impatient; eager; petulant; all on edge; on edge; snorty; edgy; restless
прие́зд	arrival; coming; visit
прие́хать, приезжа́ть	arrive; come; come down; come over; come up; be along; to be along; show up
прие́зжий, прие́зжая	visitant; guest; out-of-towner; newcomer; visiting; outsider; stranger
по́сле	after; later on; following; behind; next; past; in succession to; beyond
слуга́, служа́нка	servant; attendant; domestic
служи́ть	serve; work; minister; beg; act; be employed; be in service; do military service; celebrate
слу́жба	service; employment; office; work; duty; place; employ; situation; church office
слу́жка	ostiary; altar boy

старался взять на себя вид непринуждённости, тем более чувствовал себя неловким. Они, чтоб дать мне время оправиться и привыкнуть к новому знакомству, стали говорить между собою, обходясь со мною как с добрым соседом и без церемонии. Между тем я стал ходить взад и вперёд, осматривая книги и картины. В картинах я не знаток, но одна привлекла моё внимание. Она изображала какой-то вид из Швейцарии; но поразила меня в ней не живопись, а то, что картина была прострелена двумя пулями, всаженными одна на другую.

— Вот хороший выстрел, — сказал я, обращаясь к графу.

— Да, — отвечал он, — выстрел очень замечательный. А хорошо вы стреляете? — продолжал он.

— Изрядно, — отвечал я, обрадовавшись, что разговор коснулся наконец предмета, мне близкого. — В тридцати шагах промаху в карту не дам, разумеется, из знакомых пистолетов.

— Право? — сказала графиня, с видом большой внимательности; — а ты, мой друг, попадёшь ли в карту на тридцати шагах?

— Когда-нибудь, — отвечал граф, — мы попробуем. В своё время я стрелял не худо; но вот уже четыре года, как я не брал в руки пистолета.

---

sebia vid neprinuzhdyónnosti, tem bólee chúvstvoval sebia nelóvkim. Oní, chtob dat` mne vrémia oprávit`sia i privy´knut` k nóvomu znakómstvu, stáli govorít` mézhdu sobóiu, obhodias` so mnóiu kak s dóbry`m sosédom i bez tseremónii. Mézhdu tem ia stal hodít` vzad i vperyód, osmátrivaia knígi i kartíny`. V kartínakh ia ne znatók, no odná privleclá moyó vnimánie. Oná izobrazhála kakói`-to vid iz Shvei`tsárii; no porazíla menia v nei` ne zhívopis`, a to, shto kartína by`la prostrélena dvumia púliami, vsázhenny`mi odná na druguíu.

— Vot horóshii` vy´strel, — skazál ia, obrashcháias` k gráfu.

— Da, — otvechál on, — vy´strel óchen` zamechátel`ny`i`. A horoshó vy` streliáete? — prodolzhál on.

— Izriádno, — otvechál ia, obrádovavshis`, shto razgovór kosnúlsia nakonéts predméta, mne blízkogo. — V tridtsatí shagákh prómahu v kártu ne dam, razuméetsia, iz znakómy`kh pistolétov.

— Právo? — skazála grafínia, s vídom bol`shói` vnimátel`nosti; — a ty`, moi` drug, popadyósh` li v kártu na tridtsatí shagákh?

— Kogdá-nibud`, — otvechál graf, — my` popróbuem. V svoyó vrémia ia strelial ne húdo; no vot uzhé chety´re góda, kak ia ne bral v rúki pistoléta.

to assume an air of unconstraint, the more awkward I felt. They, in order to give me time to recover myself and to become accustomed to my new acquaintances, began to talk to each other, treating me as a good neighbour, and without ceremony. Meanwhile, I began pacing back and forth, examining the books and pictures. I am no expert on pictures, but one of them attracted my attention. It represented some view in Switzerland, but it was not the painting that struck me, but the fact that the canvas was shot through by two bullets, one planted just above the other.

"A good shot that!" I said, turning to the Count.

"Yes," he replied, "a very remarkable shot... Do you shoot well?" he continued.

"Pretty well," I replied, rejoicing that the conversation had turned at last upon a subject that was familiar to me. "At thirty paces I can hit a card without fail,—I mean, of course, with a pistol that I am used to."

"Really?" said the Countess, with a look of the greatest interest. "And you, my dear, could you hit a card at thirty paces?"

"Some day," replied the Count, "we will try. In my time I did not shoot badly, but it is now four years since I held a pistol."

Vocabulary

стара́ться, постара́ться	try; strive; endeavour; take pains; seek; trouble; make an effort
стара́тельный, стара́тельная	assiduous; diligent; careful; laborious; painstaking; studious
стара́тель	gold miner; gold digger
стара́ние	pains; care; trouble; application; assiduity; endeavour; painstaking; diligence; studiousness; effort; eagerness
непринуждённость	ease; disengagement; easiness; unconstraint; effortlessness; abandon; abandonment; repose
непринуждённый, непринуждённая	easy; at ease; informal; unstudied; spontaneous; cavalier; natural; unbuttoned; free and easy
нело́вкий, нело́вкая	awkward; clumsy; inconvenient; embarrassing; angular; blundering; uncomfortable; artless; maladroit; stiff; uneasy
нело́вкость	awkwardness; discomfort; tension; maladroitness

– О, – заметил я, – в таком случае бьюсь об заклад, что ваше сиятельство не попадёте в карту и в двадцати шагах: пистолет требует ежедневного упражнения. Это я знаю на опыте. У нас в полку я считался одним из лучших стрелков. Однажды случилось мне целый месяц не брать пистолета: мои были в починке; что же бы вы думали, ваше сиятельство? В первый раз, как стал потом стрелять, я дал сряду четыре промаха по бутылке в двадцати пяти шагах. У нас был ротмистр, остряк, забавник; он тут случился и сказал мне: знать у тебя, брат, рука не подымается на бутылку. Нет, ваше сиятельство, не должно пренебрегать этим упражнением, не то отвыкнешь как раз. Лучший стрелок, которого удалось мне встречать, стрелял каждый день, по крайней мере три раза перед обедом. Это у него было заведено, как рюмка водки.

Граф и графиня рады были, что я разговорился.

– А каково стрелял он? – спросил меня граф.

– Да вот как, ваше сиятельство: бывало, увидит он, села на стену муха: вы смеётесь, графиня? Ей-богу, правда. Бывало, увидит муху и кричит: Кузька, пистолет! Кузька и несёт ему заряженный пистолет. Он хлоп, и вдавит муху в стену!

– O, – zametil ia, – v takóm slúchae b`ius` ob zaclád, shto váshe siiátel`stvo ne popadyóte v kártu i v dvadtsatí shagákh: pistolét tré buet ezhednévnogo uprazhnéniia. É`to ia znáiu na ópy`te. U nas v polkú ia schitálsia odním iz lúchshikh strelkóv. Odnázhdy` sluchílos` mne tsély`i` mésiats ne brat` pistoléta: moí by`li v pochínke; shto zhe by` vy` dúmali, váshe siiátel`stvo? V pérvy`i` raz, kak stal potóm streliat`, ia dal sriádu chety`re prómaha po buty`lke v dvadtsatí piati shagákh. U nas by`l rótmistr, ostriák, zabávnik; on tut sluchílsia i skazál mne: znat` u tebiá, brat, ruká ne pody`máetsia na buty`lku. Net, váshe siiátel`stvo, ne dolzhnó prenebregát` é`tim uprazhnéniem, ne to otvy`knesh` kak raz. Lúchshii` strelók, kotórogo udalós` mne vstrechát`, streliál kázhdy`i` den`, po kraí`nei` mére tri ráza péred obédom. É`to u negó by`lo zavedenó, kak riúmka vódki.

Graf i grafinia rády by`li, shto ia razgovorílsia.

– A kakovó streliál on? – sprosíl meniá graf.

– Da vot kak, váshe siiátel`stvo: by`válo, uvídit on, séla na sténu múha: vy` smeyótes`, grafinia? Ei`-bógu, právda. By`válo, uvídit múhu i krichít: Kúz`ka, pistolét! Kúz`ka i nesyót emú zariazhénny`i` pistolét. On khlop, i vdávit múhu v sténu!

"Oh!" I remarked, "in that case, I'll wager that Your Excellency will not hit the card at twenty paces; the pistol demands practice every day. I know that from experience. In our regiment I was reckoned one of the best shots. It once happened that I did not touch a pistol for a whole month, as I had sent mine to be mended; and would you believe it, Your Excellency, the first time I began to shoot again, I missed a bottle four times in succession at twenty-five paces. We had a cavalry captain, a witty and amusing fellow; he happened to be standing by, and he said to me: 'It is evident, my brother, that your hand will not raise itself against the bottle.' No, Your Excellency, you must not neglect to practise, or you will soon lose the knack. The best shot that I ever met used to shoot at least three times every day before dinner. It was his custom like his glass of vodka."

The Count and Countess were pleased that I had begun to talk freely.

"And what sort of a shot was he?" asked the Count.

"Well, it was like this, Your Excellency: if he saw a fly settle on the wall–you laugh, Countess, but, before heaven, it is the truth–if he saw a fly, he would call out: 'Kouzka, my pistol!' Kouzka would bring him a loaded pistol–bang! and the fly would be crushed against the wall!"

Vocabulary

в такóм слýчае	then; at that rate; at this rate; in that case; such being the case; if that's the case
слýчай	occurrence; happening; experience; adventure; instance; event; opportunity; thing; accident; incident; circumstance; contingency; fortuity; haphazard; luck; episode; occasion; case
случи́ться, случáться	happen; befall; come; eventuate; occur
случáйность	chance; fortuity; accident; contingency; haphazard; incident; eventuality
случáйный, случáйная	accidental; casual; chance; haphazard; fortuitous; incidental; occasional; stray; random; sporadic; odd; circumstantial; coincidental; episodic
на всякий слýчай	just in case; keep on the safe side; for the sake of good order
от слýчая к слýчаю	from time to time; once in a while

– Это удиви́тельно! – сказа́л граф; – а как его́ зва́ли?

– Си́львио, ва́ше сия́тельство.

– Си́львио! – вскрича́л граф, вскочи́в со своего́ ме́ста; – вы зна́ли Си́львио?

– Как не знать, ва́ше сия́тельство; мы бы́ли с ним прия́тели; он в на́шем полку́ при́нят был как свой брат това́рищ; да вот уж лет пять, как об нём не име́ю никако́го изве́стия. Так и ва́ше сия́тельство, ста́ло быть, зна́ли его́?

– Знал, о́чень знал. Не расска́зывал ли он вам… но нет; не ду́маю; не расска́зывал ли он вам одного́ о́чень стра́нного происше́ствия?

– Не пощёчина ли, ва́ше сия́тельство, полу́ченная им на ба́ле от како́го-то пове́сы?

– А ска́зывал он вам и́мя э́того пове́сы?

– Нет, ва́ше сия́тельство, не ска́зывал… Ах! ва́ше сия́тельство, – продолжа́л я, дога́дываясь об и́стине, – извини́те… я не знал… уж не вы ли?..

– Я сам, – отвеча́л граф с ви́дом чрезвыча́йно расстро́енным, – а простре́ленная карти́на есть па́мятник после́дней на́шей встре́чи…

– E´to udiví tel`no! – skazá l graf; – a kak egó zvá li?

– Sí l`vio, vashe siiá tel`stvo.

– Sí l`vio! – vskrichá l graf, vskochí v so svoegó me´sta; – vy` zná li Sí l`vio?

– Kak ne znat`, vashe siiá tel`stvo; my` by´ li s nim priiá teli; on v na´shem polkú pri´niat by´l kak svoi` brat tová rishch; da vot uzh let piat`, kak ob nyom ne imé iu nikakó go izvé stiia. Tak i vashe siiá tel`stvo, stá lo by`t`, zná li egó?

– Znal, ó chen` znal. Ne rasskázy`val li on vam… no net; ne dú maiu; ne rasskázy`val li on vam odnogó ó chen` strá nnogo proisshé stviia?

– Ne poshchyó china li, vashe siiá tel`stvo, polú chennaia im na bá le ot kakó go-to povésy`?

– A skázy`val on vam í mia e´togo povésy`?

– Net, vashe siiá tel`stvo, ne skázy`val… Akh! vashe siiá tel`stvo, – prodolzhá l ia, dogá dy`vaias` ob í stine, – izviní te… ia ne znal… uzh ne vy` li?..

– Ya sam, – otvechá l graf s ví dom chrezvy`chá i`no rasstroénny`m, – a prostré lennaia kartí na est` pá miatnik posle´dnei` na´shei` vstré chi…

"That's amazing!" said the Count. "And what was his name?"

"Silvio, Your Excellency."

"Silvio!" exclaimed the Count, leaping up. "Did you know Silvio?"

"How could I help knowing him, Your Excellency: we were friends; he was received in our regiment like a brother officer, but it is now five years since I had any news of him. Then Your Excellency also knew him?"

"Oh, yes, I knew him very well. Did he ever tell you... but no, I don't think so; did he ever tell you of one very strange incident?"

"Does Your Excellency refer to the slap in the face that he received from some playboy at a ball?"

"Did he tell you the name of this playboy?"

"No, Your Excellency, he never mentioned it... Ah! Your Excellency," I continued, guessing the truth: "pardon me... I did not know... could it really have been you?.."

"Yes, I myself," replied the Count, with a look of extraordinary distress; "and that bullet-pierced picture is a memento of our last meeting..."

Vocabulary

удиви́тельный, удиви́тельная	wonderful; miraculous; amazing; astonishing; extraordinary; marvellous; surprising
удиви́ть, удивля́ть	astonish; daze; surprise; knock out; amaze; take breath away
удиви́ться, удивля́ться	marvel; show surprise; to be amazed at
удивле́ние	astonishment; surprise; amazement; wonder; marvel; wonderment
вскочи́ть, вска́кивать	hop; spring; jump into; jump on; start up
ме́сто	place; seat; site; spot; quarter; room; post; passage; bench; point; position; station; space
ме́стный, ме́стная	local; indigenous; topical; parochial; vernacular; regional; backyard; aboriginal; native
ме́стничество	localism; departmentalism; departmental bias
месте́чко́вый	narrow-minded; parochial

– Ах, ми́лый мой, – сказа́ла графи́ня, – ра́ди Бо́га не расска́зывай; мне стра́шно бу́дет слу́шать.

– Нет, – возрази́л граф, – я всё расскажу́; он зна́ет, как я оби́дел его́ дру́га: пусть же узна́ет, как Си́львио мне отомсти́л.

Граф подви́нул мне кресла́, и я с живе́йшим любопы́тством услы́шал сле́дующий расска́з.

"Пять лет тому́ наза́д я жени́лся. – Пе́рвый ме́сяц, the honeymoon, провёл я здесь, в э́той дере́вне. Э́тому до́му обя́зан я лу́чшими ми́нутами жи́зни и одни́м из са́мых тяжёлых воспомина́ний.

Одна́жды ве́чером е́здили мы вме́сте ве́рхом; ло́шадь у жены́ что-то заупря́милась; она́ испуга́лась, отдала́ мне повода́ и пошла́ пешко́м домо́й; я пое́хал вперёд. На дворе́ уви́дел я доро́жную теле́гу; мне сказа́ли, что у меня́ в кабине́те сиди́т челове́к, не хоте́вший объяви́ть своего́ и́мени, но сказа́вший про́сто, что ему́ до меня́ есть де́ло. Я вошёл в э́ту ко́мнату и уви́дел в темноте́ челове́ка, запылённого и обро́сшего бородо́й; он стоя́л здесь у ками́на. Я подошёл к нему́, стара́ясь припо́мнить его́ черты́. "Ты не узна́л меня́, граф?" – сказа́л он дрожа́щим го́лосом. "Си́львио!" – закрича́л я, и призна́юсь, я почу́вствовал, как во́лоса ста́ли вдруг на мне ды́бом. "Так то́чно, –

─────────────────────

– Akh, mí ly`i` moi`, – skazála grafínia, – rá di Bóga ne rasskazy`vai`; mne strá shno bú det slú shat`.

– Net, – vozrazí l graf, – ia vsyo rasskazhú; on zná et, kak ia obí del egó drú ga: pust` zhe uzná et, kak Sí l`vio mne otomstí l.

Graf podví nul mne kreslá, i ia s zhivé i`shim liubopýtstvom uslýshal slé duiushchii` rasská z.

"Piat` let tomú nazád ia zhení lsia. – Pé rvy`i` mé siats, the honeymoon, provyó l ia zdes`, v e´toi` deré vne. E´tomu dó mu obiázan ia lú chshimi minú tami zhí zni i odní m iz sá my`kh tiazhyó ly`kh vospominá nii`.

Odná zhdy` vé cherom é zdili my` vmé ste vé rhom; loshad` u zhený chto-to zaupriámilas`; oná ispugá las`, otdalá mne povó d`ia i poshlá peshkó m domó i`; ia poé hal vperyó d. Na dvoré uví del ia doró zhnuiu telé gu; mne skazá li, shto u meniá v kabiné te sidí t chelové k, ne hotévshii` ob`` iaví t` svoegó í meni, no skazá vshii` pró sto, shto emú do meniá est` dé lo. Ya voshó l v e´tu kó mnatu i uví del v temnoté chelové ka, zapý lyó nnogo i obró sshego borodó i`; on stoiá l zdes` u kamí na. Ya podoshó l k nemú, stará ias` pripó mnit` egó chertý. "Ty` ne uzná l meniá, graf?" – skazá l on drozhá shchim gó losom. "Sí l`vio!" – zakrichá l ia, i prizná ius`, ia pochú vstvoval, kak vó losa stá li vdrug na mne dý bom. "Tak tó chno, – prodolzhá l on, – vý strel

"Ah, my dear," said the Countess, "for heaven's sake, do not speak about that; it would be terrible for me to listen to."

"No," retorted the Count: "I will tell everything. He knows how I insulted his friend, so let him know how Silvio revenged himself on me."

The Count pushed an armchair towards me, and with the liveliest curiosity I listened to the following story.

"Five years ago I got married. The first month—the honeymoon—I spent here, in this village. To this house I am indebted for the best moments of my life, as well as for one of its most painful recollections.

"One evening we went out together for a ride on horseback. My wife's horse became stubborn; she got frightened, gave the reins to me, and returned home on foot. I rode on ahead. In the courtyard I saw a travelling carriage, and I was told that in my study sat a man, who would not give his name, but who merely said that he had business with me. I entered this room and saw in the darkness a man, covered with dust and wearing a beard of several days' growth. He was standing here, near the fireplace. I approached him, trying to remember his features. 'You do not recognize me, Count?' he said, in a quivering voice. 'Silvio!' I cried, and I confess that I felt as if my hair had suddenly stood on end. 'Exactly,' he continued.

Vocabulary

ми́лый; ми́лая	nice; dear; darling; sweet; agreeable; cute; lovable; likable; pleasant; lovesome; lovely; endearing; pretty; cunning; kind; amiable
ми́лость	mercy; pardon; kindness; benefaction; grace; favour; favoritism
ми́лостивый, ми́лостивая	gracious; kind; benign; benignant; clement; merciful; charitable
милова́ться	snog
милёнок	dearie
мила́шка	sweetie; pretty little thing
ра́ди Бо́га	for heaven's sake; for chrissake; for Pete's sake; for goodness' sake; for God's sake
стра́шный, стра́шная	terrible; frightful; dreadful; awful; fearful; horrible; tremendous; desperate; grim; hideous; horrid; lurid; virulent; woeful; ghastly
страх	fear; risk; peril; dismay; dread; terror

продолжа́л он, – вы́стрел за мно́ю; я прие́хал разряди́ть мой пистоле́т;
гото́в ли ты?” Пистоле́т у него́ торча́л из боково́го карма́на. Я отме́рил
двена́дцать шаго́в и стал там в углу́, прося́ его́ вы́стрелить скоре́е, пока́
жена́ не вороти́лась. Он ме́длил – он спроси́л огня́. По́дали све́чи. Я
за́пер две́ри, не веле́л никому́ входи́ть и сно́ва проси́л его́ вы́стрелить.
Он вы́нул пистоле́т и прице́лился… Я счита́л секу́нды… я ду́мал о ней…
Ужа́сная прошла́ мину́та! Си́львио опусти́л ру́ку. “Жале́ю, – сказа́л он,
– что пистоле́т заряже́н не чере́шневыми ко́сточками… пу́ля тяжела́.
Мне всё ка́жется, что у нас не дуэ́ль, а уби́йство: я не привы́к це́лить
в безору́жного. Начнём сы́знова; кинём жре́бий, кому́ стреля́ть перво́-
му”. Голова́ моя́ шла кру́гом… Ка́жется, я не соглаша́лся… Наконе́ц
мы заряди́ли ещё пистоле́т; сверну́ли два биле́та; он положи́л их в
фура́жку, не́когда мно́ю простре́ленную; я вы́нул опя́ть пе́рвый ну́мер.
“Ты, граф, дья́вольски сча́стлив”, – сказа́л он с усме́шкою, кото́рой
никогда́ не забу́ду. Не понима́ю, что со мно́ю бы́ло и каки́м о́бразом
мог он меня́ к тому́ принуди́ть… но – я вы́стрелил, и попа́л вот в э́ту
карти́ну. (Граф ука́зывал па́льцем на простре́ленную карти́ну; лицо́
его́ горе́ло как ого́нь; графи́ня была́ бледне́е своего́ платка́: я не мог
воздержа́ться от восклица́ния.)

---

za mno᾽iu; ia prie᾽hal razriadi᾽t' moi᾽ pistole᾽t; goto᾽v li ty᾽?” Pistole᾽t u nego᾽
torcha᾽l iz boково᾽go karma᾽na. Ya otme᾽ril dvena᾽dtsat' shago᾽v i stal tam v
uglu᾽, prosia᾽ ego᾽ vy᾽strelit' skoree᾽, poka᾽ zhena᾽ ne voroti᾽las'. On me᾽dlil
– on sprosi᾽l ognia᾽. Poda᾽li sve᾽chi. Ya za᾽per dve᾽ri, ne vele᾽l nikomu᾽ vhodi᾽t'
i sno᾽va prosi᾽l ego᾽ vy᾽strelit'. On vy᾽nul pistole᾽t i pritse᾽lilsia… Ya schita᾽l
seku᾽ndy᾽… ia du᾽mal o nei᾽… Uzha᾽snaia proshla᾽ minu᾽ta! Si᾽l'vio opusti᾽l
ru᾽ku. “Zhale᾽iu, – skaza᾽l on, – shto pistole᾽t zariazhe᾽n ne chere᾽shnevy᾽mi
ko᾽stochkami… pu᾽lia tiazhela᾽. Mne vsyo ka᾽zhetsia, shto u nas ne due᾽l', a
ubi᾽i᾽stvo: ia ne privy᾽k tse᾽lit' v bezoru᾽zhnogo. Nachnyom sy᾽znova; kinem᾽
zhre᾽bii᾽, komu᾽ strelia᾽t' pe᾽rvomu”. Golova᾽ moia᾽ shla kru᾽gom… Ka᾽zhetsia,
ia ne soglasha᾽lsia… Nakone᾽ts my᾽ zariadi᾽li eshchyo᾽ pistole᾽t; svernu᾽li
dva bile᾽ta; on polozhi᾽l ikh v fura᾽zhku, ne᾽kogda mno᾽iu prostre᾽lennuiu; ia
vy᾽nul opia᾽t' pe᾽rvy᾽i᾽ nu᾽mer. “Ty᾽, graf, d᾽ia᾽vol'ski scha᾽stliv”, – skaza᾽l on
s usme᾽shkoiu, kotoroi᾽ nikogda᾽ ne zabu᾽du. Ne ponima᾽iu, shto so mno᾽iu
by᾽lo i kaki᾽m o᾽brazom mog on menia᾽ k tomu᾽ prinudi᾽t'… no – ia vy᾽strelil,
i popa᾽l vot v e᾽tu karti᾽nu. (Graf uka᾽zy᾽val pa᾽l'tsem na prostre᾽lennuiu
karti᾽nu; litso᾽ ego᾽ gore᾽lo kak ogo᾽n'; grafinia by᾽la bledne᾽e svoego᾽ platka᾽:
ia ne mog vozderzha᾽t'sia ot vosclitsa᾽niia.)

'There is a shot due to me, and I have come to discharge my pistol. Are you ready?' His pistol protruded from a side pocket. I measured twelve paces and took my stand there in that corner, begging him to fire quickly, before my wife arrived. He hesitated, and asked for light. Candles were brought in. I closed the doors, gave orders that nobody was to enter, and again begged him to fire. He drew out his pistol and took aim... I counted the seconds... I thought of her... A terrible minute passed! Silvio lowered his hand. 'I regret,' he said, 'that the pistol is not loaded with cherry-stones... the bullet is heavy. It seems to me that this is not a duel, but a murder. I am not accustomed to taking aim at an unarmed man. Let us begin all over again; we will cast lots as to who shall fire first.' My head went round... I think I objected... At last we loaded another pistol, and rolled up two pieces of paper. He put them into his cap—the same through which I had once sent a bullet—and again I drew the first number. 'You are devilishly lucky, Count,' he said with a grin that I shall never forget. I don't know what was the matter with me, or how it was that he managed to make me do it... but I fired and hit that picture. (The Count pointed with his finger to the perforated picture; his face burned like fire; the Countess was paler than her handkerchief; and I could not restrain an exclamation.)

Vocabulary

разряди́ть, разряжа́ть	discharge; defuse; unload; reduce; space; disengage; ease
разря́дка	spacing; disengagement; discharge; desaturation; relaxation of tensions; detente
гото́вый, гото́вая	ready; finished; willing; ready-made; done; made-up; prepared; ripe; fabricated; fit; game
гото́виться, пригото́виться	get ready; prepare; study; shape up; prep; warm up; be in the making; make preparations
гото́вность	readiness; willingness; alacrity; form; preparedness; promptitude; aptitude; consent
гото́вка	cooking
готова́льня	case of drawing instruments
торча́ть	stick; protrude; stand out; cool one's heels; kick one's heels; be high; get a kick out of (smth.); get a rush
карма́н	pocket; pouch

Я выстрелил, — продолжал граф, — и, слава Богу, дал промах; тогда Сильвио… (в эту минуту он был, право, ужасен) Сильвио стал в меня прицеливаться. Вдруг двери отворились, Маша вбегает и с визгом кидается мне на шею. Её присутствие возвратило мне всю бодрость. "Милая, — сказал я ей, — разве ты не видишь, что мы шутим? Как же ты перепугалась! поди, выпей стакан воды и приди к нам; я представлю тебе старинного друга и товарища". Маше всё ещё не верилось. "Скажите, правду ли муж говорит? — сказала она, обращаясь к грозному Сильвио, — правда ли, что вы оба шутите?" — "Он всегда шутит, графиня, — отвечал ей Сильвио; — однажды дал он мне шутя пощёчину, шутя прострелил мне вот эту фуражку, шутя дал сейчас по мне промах; теперь и мне пришла охота пошутить…" С этим словом он хотел в меня прицелиться… при ней! Маша бросилась к его ногам. "Встань, Маша, стыдно! — закричал я в бешенстве;— а вы, сударь, перестанете ли издеваться над бедной женщиной? Будете ли вы стрелять или нет?" — "Не буду, — отвечал Сильвио, — я доволен: я видел твоё смятение, твою робость; я заставил тебя выстрелить по мне, с меня довольно. Будешь меня помнить. Предаю тебя твоей совести". Тут он было вышел, но остановился в дверях, оглянулся на

Ya vy`strelil, — prodolzhal graf, — i, slava Bogu, dal promakh; togda Sil`vio… (v e`tu minutu on by`l, pravo, uzhasen) Sil`vio stal v menia pritse`livat`sia. Vdrug dveri otvorilis`, Masha vbegaet i s vizgom kidaetsia mne na sheiu. Eyo prisutstvie vozvratilo mne vsiu bodrost`. "Milaia, — skazal ia ei`, — razve ty` ne vidish`, shto my` shutim? Kak zhe ty` perepugalas`! podi, vy`pei` stakan vody` i pridi k nam; ia predstavliu tebe` starinnogo druga i tovarishcha". Mashe vsyo eshchyo ne verilos`. "Skazhite, pravdu li muzh govorit? — skazala ona, obrashchaias` k groznomu Sil`vio, — pravda li, shto vy` oba shutite?" — "On vsegda shutit, grafinia, — otvechal ei` Sil`vio; — odnazhdy` dal on mne shutia poshchyochinu, shutia prostrelil mne vot e`tu furazhku, shutia dal sei`chas po mne promakh; teper` i mne prishla ohota poshutit`…" S e`tim slovom on hotel v menia pritse`lit`sia… pri nei`! Masha brosilas` k ego` nogam. "Vstan`, Masha, sty`dno! — zakrichal ia v be`shenstve;— a vy`, sudar`, perestanete li izdevat`sia nad be`dnoi` zhenshchinoi`? Budete li vy` streliat` ili net?" — "Ne budu, — otvechal Sil`vio, — ia dovolen: ia videl tvoe` smiatenie, tvoiu robost`; ia zastavil tebia vy`strelit` po mne, s menia dovol`no. Budesh` menia pomnit`. Predaiu tebia tvoei` sovesti". Tut on by`lo vy`shel, no ostanovilsia v dveriakh,

"I fired," continued the Count, "and, thank God, I missed. Then Silvio…
(at that moment he was really terrible) Silvio took aim at me. Suddenly the
door opens, Masha rushes into the room, and with a shriek throws herself
upon my neck. Her presence restored to me all my courage. 'My dear,' I said
to her, 'don't you see that we are joking? How frightened you are! Go and
drink a glass of water and then come back to us; I will introduce you to an
old friend and comrade.' Masha still couldn't believe it. 'Tell me, is my husband speaking the truth?' she said, turning to the terrible Silvio: 'is it true
that you are both joking?' – 'He is always joking, Countess,' replied Silvio:
'once he gave me a slap in the face in a joke; he sent a bullet through my
cap in a joke; and just now he missed me in a joke. And now I feel inclined
for a joke…' With these words he wanted to take aim at me… right before
her! Masha threw herself at his feet. 'Get up, Masha, for shame!' I cried in
a rage: 'and you, sir, will you cease to torment the poor woman? Will you
fire or not?' – 'I will not,' replied Silvio: 'I am satisfied. I have seen your
confusion, your alarm. I forced you to fire at me. That is sufficient. You will
remember me. I leave you to your conscience.' Then he turned to go, but
pausing in the doorway, and looking at the picture that my shot had passed

Vocabulary

слáва Бóгу	thank God; thank goodness; God be thanked; thank Heaven; thankfully
прóмах, промáшка	miss; blunder; fault; lapse; misstep; mistake; wrong
промáхиваться, промахнýться	miss; fluff; overshoot; mishit; give a miss; fall wide of the mark
прáво	right; liberty; freedom; title; really; truly
ужáсный, ужáсная	horrible; dreadful; awful; apalling; abysmal; beastly; blatant; dire; frightful; ghastly; grisly; heinous; hideous; horrid; tremendous; shocking
ýжас	horror; terror; fright; ghastliness; horridness; dread; nightmare
ужаснýть, ужасáть	horrify; terrify; dismay; frighten
ужасáющий, ужасáющая	horrifying; flagrant; horrific; shocking; spine-chilling; appalling; bloodcurdling; staggering; stomach-churning; dismaying; terrifying; blatant

простреленную мною картину, выстрелил в неё, почти не целясь, и скрылся. Жена лежала в обмороке; люди не смели его остановить и с ужасом на него глядели; он вышел на крыльцо, кликнул ямщика и уехал, прежде чем успел я опомниться".

Граф замолчал. Таким образом узнал я конец повести, коей начало некогда так поразило меня. С героем оной уже я не встречался. Сказывают, что Сильвио, во время возмущения Александра Ипсиланти, предводительствовал отрядом этеристов и был убит в сражении под Скулянами.

oglianúlsia na prostrélennuiu mnóiu kartínu, vy´strelil v neyó, pochtí ne tsélias`, i skry´lsia. Zhená lezhála v óbmoroke; liúdi ne smelí egó ostanovít` i s úzhasom na negó gliadéli; on vy´shel na kry`l`tsó, clíknul iamshchiká i uéhal, prézhde chem uspél ia opómnit`sia".

Graf zamolchál. Takím óbrazom uznál ia konéts póvesti, kóei` nachálo nékogda tak porazílo meniá. S geróem ónoi` uzhé ia ne vstrechálsia. Skazy`vaiut, shto Síl`vio, vo vrémia vozmushchéniia Aleksándra Ipsilánti, predvodítel`stvoval otriádom e`terístov i by`l ubít v srazhénii pod Skuliánami.

through, he fired at it almost without taking aim, and disappeared. My wife lay in a faint; the servants did not venture to stop him and just looked at him with terror. He went out upon the porch, called his coachman, and drove off before I could recover myself."

The Count fell silent. In this way I learned the end of the story, whose beginning had once made such an impression upon me. The hero of it I never saw again. It is said that Silvio commanded a detachment of Hetairists during the revolt under Alexander Ipsilanti, and that he was killed in the battle of Skoulana.

Vocabulary

почти́	almost; near; close; nearly; all but; slightly; half
скры́ться, скрыва́ться	disappear; abscond; hide; decamp; elope; go into hiding; drop out of sight
сокры́тие	suppression; secretion; concealment; cover-up
сраже́ние	battle; combat; fighting; fight; action
сража́ться	fight; battle; contend; combat; skirmish; struggle

Lightning Source UK Ltd.
Milton Keynes UK
UKHW020644180321
380569UK00011B/641